Penny Jordan

Maestro de placer

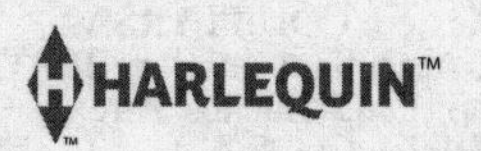

Editado por HARLEQUIN IBÉRICA, S.A.
Núñez de Balboa, 56
28001 Madrid

MAESTRO DE PLACER, N.º 2260 - 25.9.13
Título original: Master of Pleasure
Publicada originalmente por Mills & Boon®, Ltd., Londres.
Este título fue publicado originalmente en español en 2007.

I.S.B.N.: 978-84-687-3162-9
Depósito legal: M-19370-2013
Editor responsable: Luis Pugni
Fotomecánica: M.T. Color & Diseño, S.L. Las Rozas (Madrid)
Impresión en Black print CPI (Barcelona)
Fecha impresion para Argentina: 24.3.14
Distribuidor exclusivo para España: LOGISTA
Distribuidor para México: CODIPLYRSA
Distribuidores para Argentina: interior, BERTRAN, S.A.C. Vélez Sársfield, 1950. Cap. Fed./ Buenos Aires y Gran Buenos Aires, VACCARO SÁNCHEZ y Cía, S.A.

Capítulo 1

SASHA se giró para mirar a sus hijos gemelos, que retozaban en la playa como dos cachorrillos, luchando y saltando entre las olas que bañaban la solitaria costa de Cerdeña.

–Tened cuidado –les advirtió, y dirigiéndose al mayor añadió–: Sam, no seas bruto.

–Estamos jugando a los bandidos –se justificó él.

Ese era su juego favorito de aquel verano, desde que Guiseppe, el hermano de María que trabajaba en la cocina del pequeño hotel que formaba parte de la cadena del difunto marido de Sasha, les había contado historias de la isla y de sus legendarios bandidos.

Los niños habían heredado el cabello oscuro, espeso y sedoso y la piel aceitunada de su padre. De ella solo tenían el color de los ojos, que delataba su doble nacionalidad. Unos ojos del color del mar, que pasaban del azul al verde según la luz que se reflejara en ellos.

–Te dije que me soltaría –rio Nico desasiéndose con habilidad del brazo de su hermano.

–Tened cuidado con las rocas y el estanque –protestó Sasha mientras Sam se lanzaba contra Nico, derribándolo. Ambos rieron y rodaron sobre la arena.

–Mira, Sam, una estrella de mar –gritó Nico, y en un santiamén se agacharon el uno junto al otro para observar un pequeño estanque marino–. ¡Mira, mamá!

Obediente, Sasha se acercó a sus hijos y se arrodilló entre ellos rodeándolos con los brazos.

–Venga, vamos –instó Sam a Nico, aburrido ya del estanque y sus habitantes–. Acuérdate de que soy el jefe de los bandidos.

«Niños» , pensó Sasha con melancolía. Pero su corazón se llenó de amor y orgullo viéndolos correr hacia una parte más segura de la playa. Sin dejar de prestarles atención se volvió para mirar el hotel, situado sobre un escarpado promontorio. Este era, en su opinión, el más bonito de todos los hoteles que había poseído su difunto marido. Como regalo de bodas él le había dado carta blanca en su renovación y acondicionamiento. El dinero que ella gastó se había visto recompensado con creces por las alabanzas de los huéspedes, que volvían una y otra vez y elogiaban sus innovadoras ideas y su determinación de mantener la exclusividad del hotel.

Pero al morir Carlo, Sasha descubrió con estupor que el resto de los hoteles del grupo no gozaba del mismo éxito que este. Sin que ella lo supiera, Carlo había contraído enormes deudas con el fin de mantener el negocio a flote, y había utilizado los hoteles como garantía de los préstamos. Se habían tomado decisiones equivocadas, debido quizá a la salud delicada de Carlo. Su marido había sido un hombre amable, generoso y afectuoso, pero no había confiado en ella en lo referente a sus asuntos financieros. Para Carlo, ella era alguien a quien proteger y mimar, y no un igual.

Se habían conocido en el Caribe, donde Carlo estaba estudiando la posibilidad de adquirir un hotel para su cadena. Ahora, además de sufrir la pena de haberlo perdido, tenía que aceptar el hecho de que, de la noche a la mañana, había dejado de ser la esposa de un hombre rico para convertirse en una viuda sin un céntimo. Menos de una semana después de la muerte de Carlo, su contable le dijo a Sasha que su marido debía enormes sumas de dinero, millones de hecho, a un inversor privado y anónimo a quien había pedido ayuda económica. Y, aunque ella había suplicado a los asesores financieros que encontraran la manera de que ella pudiera quedarse con este hotel, ellos le dijeron que el inversor privado no estaba dispuesto a acceder bajo ninguna circunstancia.

Sasha volvió a mirar a sus hijos. Iban a echar de menos Cerdeña y los veranos maravillosos que habían pasado allí, pero iban a echar mucho más de menos a su progenitor. Aunque había sido un padre ya mayor, incapaz de unirse a los juegos de sus enérgicos hijos, los adoraba, y ellos lo adoraban a él. En su lecho de muerte, Carlo le había hecho prometer a Sasha que no olvidaría la importancia de la herencia sarda de los gemelos.

–Recuerda –le había dicho con cansancio– que todo lo que he hecho lo he hecho por amor a los niños y a ti.

Sasha le debía tanto a Carlo... Él se lo había dado todo. Se había hecho cargo de la niña dolida y necesitada que era ella entonces y, a base de amor y comprensión, había curado sus heridas. Le había hecho regalos que no tenían precio: amor propio, independencia emocional, la capacidad de dar y recibir un amor sano, carente de dependencia destructiva. Para ella había sido mucho más que un simple marido.

Sus ojos brillaron con determinación, adquiriendo el tono oscuro del interior de una esmeralda. Había sido pobre antes, y había sobrevivido. Claro que entonces no había tenido que responsabilizarse de dos hijos. Esa misma mañana había recibido un correo electrónico del colegio de los chicos, en el que le recordaban discretamente que debía pagar el nuevo trimestre. Lo último que deseaba hacer era causar más trastorno en sus jóvenes vidas apartándolos de un colegio en el que eran tan felices.

Sasha miró sus anillos de diamantes. Nunca había deseado tener joyas caras; había sido Carlo el que se había empeñado en comprárselas. Decidió que había que venderlas. Por lo menos los niños tenían donde vivir durante las vacaciones de verano. Había sido humillante para ella suplicarle a los abogados de Carlo que los dejaran quedarse allí hasta que comenzara el colegio en septiembre. Sasha se mostró agradecida cuando le dijeron que le habían concedido su deseo. Su propia infancia había estado tan falta de amor y seguridad que en el momento en que descubrió que estaba embarazada se prometió a sí misma que sus hijos nunca tendrían que sufrir como ella había sufrido. Por eso...

Sasha se volvió a mirar a sus hijos. Sí, Carlo había conseguido sanar muchas de sus heridas; todas menos una. Una herida sentimental, persistente, que todavía no había cicatrizado.

La preocupación de los últimos meses la había consumido dejándola, en su opinión, demasiado delgada. El reloj de pulsera le bailó en la muñeca mientras se recogía el cabello y se lo sujetaba con su delgada mano.

Tenía dieciocho años cuando se casó con Carlo, y diecinueve cuando nacieron los niños. Sasha, que era una chica sin formación pero lista, aceptó la propuesta de matrimonio de Carlo a pesar de que él era mucho mayor que ella. Su matrimonio le había dado todo lo que ella nunca había tenido, y no solo en lo referente a seguridad económica. Carlo le había aportado estabilidad y un entorno seguro.

Ella había hecho lo posible por corresponder a su amabilidad, y ver la cara de Carlo la primera vez que este vio a los gemelos en las cunas del exclusivo hospital privado en que ella dio a luz le hizo comprender que le había dado a su marido un regalo que no tenía precio.

–Mira, mamá.

Sasha, obediente, miró a los niños, que hacían volteretas laterales. Algún día, se dijo ella, le pedirían que no los mirara tanto. Pero todavía no eran conscientes de lo pendiente que estaba de ellos. Con unos hijos tan inquietos e inteligentes, a veces era difícil no ser superprotectora, la típica madre que ve peligro donde los niños solo ven posibilidades de aventura.

–¡Qué bien! –concedió ella.

–Mira, también sabemos hacer el pino –exclamó Sam orgulloso.

Eran chicos ágiles y corpulentos, muy altos para sus nueve años.

–Me has dado unos niños fuertes, Sasha –la elogiaba Carlo a menudo. Ella sonrió recordando esas palabras. Su matrimonio le había procurado el tiempo y el espacio necesarios para dejar de ser la niña que había sido y convertirse en la mujer que era ahora. Un rayo de sol se reflejó en su fino anillo de bodas al tiempo que se volvía a girar para mirar el hotel que se erigía sobre las rocas.

Su marido y ella habían viajado por todo el mundo visitando la cadena de pequeños y exclusivos hoteles que él poseía, pero su favorito entre todos ellos era el de Cerdeña. Originalmente había sido una residencia privada, propiedad de un primo de Carlo que, al morir, se la dejó en herencia. Carlo se prometió a sí mismo conservarla siempre.

Gabriel, de pie a la sombra de las rocas, bajó su vista hacia la playa. Torció la boca en un gesto de desprecio.

Se preguntó cómo se sentiría ella, ahora que sabía que el destino se había vuelto en su contra y que la seguridad que había comprado con su cuerpo no iba a durar toda la vida. Ahora que sabía que no iba a ser una viuda rica y rodeada de comodidades.

En cuanto a los niños... Sintió la hiel correr por su interior, desgarrándolo por dentro. Verlos le había hecho recordar su propia niñez allí, en Cerdeña. ¿Cómo podría nunca olvidar la cruel y dura infancia que le había tocado vivir? A la edad de esos dos niños él había tenido que trabajar muy duramente. Los maltratos e insultos que había recibido le enseñaron a esquivar los golpes de la vida. Había sido un hijo no deseado. Rechazado por su adinerada familia materna y abandonado por su padre, se crio con una familia adoptiva. De niño, recordó Gabriel amargamente, había pasado más noches durmiendo a la intemperie con los animales de la granja que dentro de la casa con la familia, la cual sabía del desprecio que por él sentía la familia de su madre.

Gabriel pensaba que una infancia como esa fortalece o echa a perder el espíritu humano y en su caso, lo había endurecido hasta convertirlo en acero. Nunca había permitido ni permitiría que nadie lo apartara del camino que había escogido, ni que nadie se interpusiera entre él y su firme determinación de situarse por encima de aquellos que lo habían despreciado.

Su abuelo materno había sido el patriarca de una de las familias más ricas y poderosas de Cerdeña. El pasado de los Calbrini estaba inextricablemente unido al de la isla. Se trataba de una familia muy orgullosa y dividida por el odio, la traición y la venganza.

Su madre había sido hija única. A los dieciocho años se fue de casa huyendo del matrimonio que su padre había concertado para ella, y se casó con un joven granjero, pobre pero apuesto, del que se había creído enamorada.

Aquella chica terca y mimada tardó menos de un año en darse cuenta de que había cometido un error y de que odiaba a su marido casi tanto como la pobreza en la que vivían. Pero para entonces ya había nacido Gabriel. Ella le suplicó a su padre que la perdonara y le permitiera volver a casa. Él consintió, con la condición de que se divorciara de su marido y dejara al chiquillo con su padre. Según las historias que le contaron a Gabriel de niño, su madre no se lo pensó dos veces. Su abuelo le entregó una buena cantidad de dinero al padre de Gabriel dando por sentado que ese pago único eximiría a la familia Calbrini de toda responsabilidad con el fruto del para entonces extinto matrimonio.

El padre de Gabriel, viéndose con más dinero del que había tenido nunca, partió para Roma, dejando a su hijo de tres meses al cuidado de un primo, al que prometió que enviaría dinero para la manutención del niño. Pero una vez en Roma conoció a la mujer que se convertiría en su segunda esposa, la cual no entendía por qué tenía que cargar ella con un niño que no era suyo, ni por qué debían malgastar en él el dinero de su marido.

Los padres adoptivos de Gabriel recurrieron al abuelo de este. Eran pobres y no podían permitirse alimentar a un niño hambriento. Giorgio Calbrini se negó a ayudarlos. Aquel chiquillo no significaba nada para él. Además, su hija se había vuelto a casar, esta vez con el hombre que él había elegido para ella, y esperaba que en breve le diera un nieto del linaje que exigía su orgullo.

Pero no lo hizo y, cuando Gabriel contaba con diez años de edad, su madre y su segundo esposo se mataron al estrellarse el helicóptero en el que viajaban. Giorgio Calbrini no tuvo más remedio que conformarse con el único heredero que tenía: Gabriel.

Había sido una vida austera y desprovista de cariño, recordó Gabriel, con un abuelo que no lo quería y que despreciaba la sangre que había heredado de su padre.

Pero al menos, bajo el techo de su abuelo, estuvo bien alimentado. Este lo envió a los mejores colegios y se aseguró de que recibía la formación necesaria para que, llegado el momento, lo sucediera como patriarca de la casa Calbrini. Lo cierto era que su abuelo no había depositado en él grandes esperanzas y se lo había dejado claro muchas veces.

–Hago esto porque no tengo opción, porque eres el único nieto que tengo –le había dicho amargamente en numerosas ocasiones.

Pero Gabriel estaba empeñado en demostrarle que estaba equivocado. Y no para ganarse el amor de su abuelo, puesto que no creía en el amor. Quería demostrarle que era el mejor, el más fuerte. Y eso fue exactamente lo que hizo. Al principio, su abuelo se negaba a creer lo que decían sus profesores sobre lo mucho que sabía sobre el mundo financiero y todo lo relacionado con el mismo. Pero lo cierto era que, cuando cumplió veinte años, había cuadruplicado la pequeña cantidad de dinero que su abuelo le había regalado cuando cumplió los dieciocho.

Un día, tres semanas después de cumplir los veintiuno, su abuelo murió de repente, y Gabriel heredó su enorme fortuna y posición. Aquellos que habían dicho que Gabriel nunca sería capaz de seguir los pasos del anciano se tuvieron que tragar sus palabras. Él era un verdadero Calbrini, y poseía un instinto para los negocios más sagaz si cabe que el de su abuelo. Pero para él había cosas más importantes en la vida que ganar dinero. Tenía la necesidad de ser un hombre invulnerable sentimentalmente.

Y eso era exactamente en lo que se había convertido, reflexionó. Nunca permitiría que ninguna mujer lo rechazara como lo había hecho su madre sin recibir un castigo.

Especialmente esa mujer.

Gabriel oía a Sasha hablando con sus hijos. La brisa le llevaba el sonido de su voz, aunque no sus palabras.

Sasha... A los veinticinco años Gabriel era ya millonario. Un hombre rico que no se fiaba de nadie y que no dejaba que las mujeres que elegía para calentar su lecho fueran más que eso: simples compañeras de cama. Había sentado una serie de reglas, simples e innegociables, sobre cómo debían ser las relaciones. Prohibido hablar de amor, del futuro o de compromiso; fidelidad incondicional a su persona mientras durara la relación y respeto absoluto por su principio de sexo seguro. Y, para asegurarse de que la última regla no se quebrantaba «accidentalmente a propósito», Gabriel se ocupaba de ese tipo de cosas él mismo.

A lo largo de los años había vivido escenas de enfado y amargura protagonizadas por mujeres histéricas que habían creído erróneamente poder hacerle cambiar. Aquellas lágrimas desaparecían como por arte de magia cuando Gabriel les ofrecía un generoso regalo de despedida. Su boca se torció en un gesto cínico. ¿Acaso era de extrañar que se hubiera convertido en un hombre desconfiado y, sobre todo, en un hombre que despreciaba a las mujeres? Según Gabriel, no existía ninguna mujer que no pudiera comprarse. Su madre le había demostrado cómo era el sexo femenino, y todas las mujeres con las que había tenido trato desde entonces no habían hecho sino corroborar lo que aprendió de su madre cuando esta lo abandonó por dinero.

Eso no quería decir que no disfrutara de la compañía de las mujeres o, más bien del placer que sus cuerpos le proporcionaban. Había heredado el atractivo de su padre, y encontrar una mujer dispuesta a satisfacer sus necesidades sexuales nunca había sido un problema.

–Sam, no te vayas tan lejos. Quédate aquí, donde

yo pueda verte –esa vez, las palabras de Sasha llegaron hasta él, ya que ella había elevado la voz para que su hijo pudiera oírla. ¿Una madre entrañable? ¿Sasha?

No podía escapar de su pasado. Lo tenía atenazado, con tanta fuerza que casi podía sentir dolor físico.

Tras la muerte de su abuelo, había cerrado la incómoda y solitaria casa que su abuelo tenía en Cerdeña y se había comprado un yate. Como inversor inmobiliario que era, le venía bien viajar para descubrir posibles adquisiciones, tanto materiales como sexuales. Y si alguna mujer lo invitaba a la cama, ¿por qué no iba a hacerlo? Con tal de que ella comprendiera que una vez satisfecho su apetito, no había sitio para ella en su vida...

A la edad de veinticinco años había tomado la determinación de que cuando llegara el momento pagaría a una mujer para que le diera un heredero: un niño sobre el cual ya se encargaría él de tener derechos exclusivos.

Gabriel miró a Sasha con frío desprecio. Hacía solo seis semanas, justo después de su trigésimo quinto cumpleaños, que había estado junto al lecho de muerte de su primo segundo oyendo cómo Carlo le suplicaba, a él, que ayudara a sus dos hijos, que era lo que Carlo amaba más que a nada en el mundo.

La misma brisa que jugaba sensualmente con la larga melena de Sasha echó para atrás su propio cabello oscuro, dejando al descubierto una estructura ósea típicamente sarda, de nariz recta, romana, unos rasgos masculinos que recordaban a ciertas esculturas de Leonardo y Miguel Ángel, y una musculatura de hombre joven y fuerte. Los sarracenos habían invadido Cerdeña hacía siglos, dejando su impronta en la historia de la isla y en sus habitantes a través de las mujeres a las que habían tomado y fecundado. Fue Carlo el que le contó la leyenda de que los varones nacidos de tales uniones llevaban en la sangre la fuerza física y la crueldad legendaria de sus padres. Gabriel sabía que llevaba sangre sarracena en las venas, y que eso se demostraba en su actitud ante la vida. No tenía compasión por aquellos que lo traicionaban.

Estudió a los dos niños con la mirada vigilante y mortífera de un águila. Niños privilegiados, adorados por un padre anciano y afectuoso. Qué infancia tan diferente de la suya. Pensó en lo que Carlo le había suplicado: que se encargara del cuidado de sus dos hijos, dando a entender que no se fiaba de su madre. En su lecho de muerte, Carlo finalmente reconocía que ella no era de fiar.

Pero las últimas palabras que Carlo dirigió a Gabriel fueron sobre Sasha.

–Tienes que comprender que Sasha... –le dijo a Gabriel.

Su debilidad le impidió terminar la frase, pero no hizo falta. Gabriel sabía todo lo que había que saber sobre Sasha. Al igual que su madre, ella lo había abandonado. Recordarlo no hacía más que exacerbar sus sombríos sentimientos. Ella había sido la causa de una afrenta a su orgullo y ahora había llegado el momento de cobrarse la deuda...

El grito de protesta de uno de los gemelos hizo que Sasha se volviera hacia ellos, ansiosa.

–Dejad de pelearos, niños.

Algo, o mejor dicho, alguien se había interpuesto entre el sol y ella. Se colocó la mano a modo de visera para ver de quién se trataba.

Hay momentos en la vida que ocurren tan rápida y lentamente a la vez que es imposible ignorarlos u olvidarlos. Sasha sintió que se le paraba el corazón, y a continuación experimentó una sofocante sensación de incredulidad y terror, algo tan doloroso que rehusó siquiera intentar comprenderlo. Escuchó el sordo retumbar de su corazón en la distancia, como si no le perteneciera, vagamente consciente de que la sangre corría por sus venas, manteniéndola viva, mientras sentía dolor en cada nervio de su cuerpo. No acertó a decir más que una palabra:

–¡Gabriel!

Capítulo 2

UNA SOLA palabra, pero tan llena de ira y horror que quedó retumbando en el aire. Sasha giró la cabeza para mirar a Gabriel mientras sentía que el pulso le latía aceleradamente.

–¿Qué haces aquí? ¿Qué quieres?

Había sido un error preguntarle aquello, pues él advertiría el pánico en su voz y se daría cuenta de que Sasha estaba intentando sobreponerse al miedo. Lo delataba la manera en que la boca de Gabriel se torcía en una sonrisa cruel y satisfecha, que ella recordaba tan bien.

–¿Tú qué crees?

Su voz sonaba tan dulce y suave como la caricia de un amante. Durante un segundo, su cuerpo reaccionó a los recuerdos que evocaba. De pronto volvió a sus diecisiete años, cuando escondía su sufrimiento y su carencia emocional bajo la apariencia de una mujer segura de sí. Se había quitado la provocativa minifalda y el minúsculo top, y tenía el cabello rubio empapado tras la ducha que Gabriel le había hecho tomar. Él la miraba, mientras ella, abrumada por el sentimiento, era consciente por primera vez en su vida de lo que era el deseo físico. Ella lo quería, lo deseaba con auténtica locura.

No quería volver al pasado, pero ya era demasiado tarde. Recordó la impaciencia que había sentido cuando, en lugar de esperar a que él se le acercara, ella misma se había abalanzado sobre él. Él la había sujetado a cierta distancia para poder estudiar su cuerpo desnudo, que ya empezaba a ofrecer señales visibles de ansia. Sus pechos se habían endurecido con solo imaginar el roce de sus dedos, cuya piel era dura, ligeramente áspera, la piel de un hombre que trabajaba con sus manos y no solo con su cerebro. Había temblado con una emoción incontenible mientras él empezaba a explorar la forma de sus senos. La erótica aspereza de su roce le hizo ser consciente de pronto de su propia excitación, de lo preparada que se sentía, de lo húmeda y sensible que estaba la parte más íntima de su cuerpo. Y, como si él lo hubiera advertido también, Gabriel había empezado a recorrerlo con su mano, suavemente pero con determinación. Cuando la dejó reposar en el protuberante hueso de su cadera, ella, devorada por la impaciencia, sintió la necesidad de una caricia más íntima. ¿Había sido ella la que se había acercado hacia él abriendo las piernas o había sido él el que había movido la mano hacia su muslo? No lo recordaba. Pero lo que no podía olvidar era lo que había sentido cuando él había inclinado la cabeza para besar la piel suave de su garganta mientras separaba los hinchados labios y hundía sus dedos en la caverna húmeda y caliente de su sexo. Ella había estado a punto de alcanzar el clímax en ese mismo momento.

De pronto sintió un escalofrío. ¿Qué hacía pensando en eso ahora? ¿Qué era lo que sentía? ¿Miedo? ¿Culpabilidad? ¿Nostalgia? No, nunca jamás. La chica que una vez fue había desaparecido y, con ella, todo lo que una vez sintió.

Sasha dirigió su vista hacia la playa, donde sus hijos seguían jugando, ajenos a lo que estaba ocurriendo. Apartó la vista rápidamente, como si no quisiera contaminarlos con sus pensamientos. Sintió la apremiante necesidad de protegerlos más que a ella misma. Mientras apartaba la vista se echó hacia un lado, como si quisiera que la atención de Gabriel se centrara en ella y no en sus indefensos hijos. No había nada en el mundo que no estuviera dispuesta a hacer para protegerlos. Absolutamente nada.

Gabriel reparó en su movimiento involuntario. Según Carlo, Sasha era una madre muy protectora, pero, claro, cómo no iba a serlo. Carlo era un hombre rico, y su función de madre le daba acceso ilimitado a su fortuna. Carlo, como otros muchos hombres que se convierten en padres a una edad avanzada, había adorado a sus hijos, que eran una prueba de su virilidad. Eran sus herederos, aunque ahora precisamente no tenían nada que heredar. Todo acerca de ellos denotaba un estilo de vida privilegiado y cosmopolita: su exclusiva ropa italiana, sus blanquísimos dientes, su acento de clase alta británica. Niños que, desde la cuna, habían estado bien cuidados y alimentados. Recordó que, a su edad, él cubría con harapos su escuálido cuerpo.

Dejó de mirar a la playa para fijarse en la mujer que tenía frente a él. También lucía una buena dentadura, que sin duda había pagado su enamorado, y ahora difunto, marido. Tenía uno de esos cortes de pelo que parecían naturales pero cuyo mantenimiento, él lo sabía bien, costaba una fortuna. Su «sencillo» y elegante vestido de lino era, sin duda alguna, de marca. Y las uñas de sus manos y sus pies, desprovistas de esmalte pero perfectamente cuidadas, eran las propias de una mujer de su riqueza y posición social. Pero eso se había acabado. ¿Qué había sentido cuando se enteró de la muerte de Carlo? ¿Alivio, quizá, al saber que ya no tendría que hacer el amor con un hombre mucho mayor que ella? ¿Codicioso regocijo al creerse una mujer rica? Debía de rondar ya los treinta años, y si quería encontrar otro hombre mayor que la mantuviera, tendría que competir con mujeres más jóvenes y sin responsabilidades, como las que revoloteaban alrededor de él adondequiera que fuese. Una de sus amantes le había dicho una vez que era su ascendencia sarracena la que le daba ese cariz oscuro y peligroso que sus enemigos temían y las mujeres amaban. En su opinión, alguien que había crecido como él, abandonado y maltratado física y psíquicamente, aprendía rápidamente a devolver lo que la vida le había dado. No era de extrañar que un niño que había tenido que competir con los perros de la granja para obtener un trozo de pan desarrollara un duro caparazón para proteger tanto su cuerpo como sus sentimientos.

Sonrió fríamente al ver que la mirada de Sasha se oscurecía.

–Sí, ha debido de ser muy duro estar en la cama con un hombre que obtenía placer con tu cuerpo pero que era incapaz de darte placer a ti. Aunque, claro, tenías un montón de dinero para darte gusto, ¿no?

–No me casé con Carlo por su dinero.

–¿Ah, no? Entonces, ¿por qué te casaste con él?

La había pillado. Oyó la respiración agitada que escapaba de su pecho. Qué familiar le resultaba aquella necesidad de protegerse de un golpe mortal. Desgraciadamente para ella, era demasiado tarde. No había protección posible.

–Porque desde luego no creo que fuera por amor –se burló él cruelmente–. Lo vi justo antes de que muriera, en el hospital de Milán. Tú estabas en Nueva York, creo. De compras. Hasta metiste a los niños internos en el colegio, para gozar de total libertad.

Ella se puso completamente pálida. Gabriel admitió con rabia que incluso en ese momento, desprovista de color y de vida, estaba increíblemente hermosa.

Sasha temió que fuera a desmayarse de pura indignación. Había viajado secretamente a Nueva York para entrevistarse con otro especialista y ver si había alguna manera de salvar a Carlo. Puede que no hubiera amado a su marido como mujer, pero le estaba muy agradecida por todo lo que había hecho por los gemelos y por ella. La decisión de internar a sus hijos en el colegio no había sido fácil de tomar. Para ella, la estabilidad emocional de los niños era lo más importante, pero tenía una deuda enorme con Carlo. ¿Qué clase de persona sería si no hubiera hecho todo lo humanamente posible para encontrar la manera de darle a su marido más tiempo de vida? Hubiera sido muy complicado viajar a Nueva York con los niños. Además, no quería que estos lo vieran morir lentamente. Sin contar que tenía que estar disponible para visitar el hospital dos o tres veces al día. Carlo había querido morir en Italia y no en Londres, donde estaba el colegio de los niños. Había tomado la decisión que creyó más oportuna en su momento, pero ahora Gabriel la estaba haciendo sentir culpable por haber dejado a los niños en el colegio durante un trimestre entero.

–Me imagino que sabrás que estaba arruinado y que no te ha dejado más que deudas.

–Sí, lo sé –admitió sombría. No merecía la pena intentar ocultarle su verdadera situación económica, ni intentar explicarle lo que había sentido por Carlo. No lo entendería porque era un hombre incapaz de comprender. La dolorosa infancia que ambos habían vivido, en lugar de crear entre ellos lazos de compasión mutua, los había convertido en los más acérrimos enemigos. Él nunca entendería por qué lo había dejado por Carlo, y ella nunca intentaría explicárselo; sencillamente, no merecía la pena.

–Me imagino que debería sentirme honrada de que hayas venido a regocijarte en persona. Después de todo, no fuiste al funeral.

–¿Para verte llorar con lágrimas de cocodrilo? Mi estómago no lo hubiera aguantado.

–Has venido a humillarme con tus palabras. Ya han pasado diez años, Gabriel. ¿No crees que es momento de que...?

–¿De qué? ¿De que me cobre la deuda que tienes conmigo? ¿Con intereses, además? Soy un hombre al que le gusta cobrar lo que le deben, Sasha. Carlo lo sabía.

Sasha sintió que algo se helaba en su interior.

–¿Qué quieres decir con eso de que Carlo lo sabía?

–Sabía, cuando me pidió que le prestara dinero, que tendría que devolverlo.

–¿Tú le prestaste dinero a Carlo?

Gabriel asintió con la cabeza.

–Utilizó los hoteles como garantía. Había comprado por encima de sus posibilidades. Se lo dije, pero él creyó que tomar dinero prestado lo ayudaría a resolver sus problemas y que, como éramos familia, no me negaría a ayudarlo. Desgraciadamente para él, no consiguió sacar el negocio a flote. Afortunadamente para mí, su deuda estaba cubierta por sus bienes. Que ahora son míos. Incluido este hotel, por supuesto.

Sasha se le quedó mirando fijamente.

–¿Tuyo? –no entendía lo que él le estaba diciendo–. ¿Quieres decir que tú eres el propietario de este hotel?

–El propietario de este hotel y de los otros. Y de tu casa, de tu ropa y del dinero que tienes en el banco. Todo me pertenece ahora, Sasha. Todo. La deuda de Carlo está pagada, pero la tuya todavía está pendiente. ¿Te creías que me había olvidado? ¿Qué no me molestaría en reclamarla?

Sasha anhelaba desesperadamente mirar a sus hijos, asegurarse de que seguían estando allí, sanos y salvos, y de que nada de esto podía afectarles. Pero temía que al mirarlos Gabriel se diera cuenta de su vulnerabilidad. Así que en lugar de ello respiró hondo y preguntó:

–¿Y qué vas a reclamar? Yo fui la víctima en nuestra relación, Gabriel. Yo fui la que...

–Tú fuiste la que se vendió al mejor postor.

Ella se obligó a mirarlo.

–No me dejaste otra opción –le dijo bajando la voz.

Era la verdad. Ella había acudido a él en busca de todas aquellas cosas que nunca había tenido, creyendo que los milagros ocurrían hasta para chicas como ella, y que todo lo malo que le había pasado en la vida tenía solución. En aquella época, todavía tenía sueños. Sentía pena por la niña que había sido y estaba contenta de que hubiera desaparecido. Y sobre todo, le hacía feliz ser la mujer en que se había convertido. Antes de que Gabriel pudiera decir nada, le preguntó:

–¿Qué es lo que quieres, Gabriel? Me imagino que no habrás malgastado tu precioso tiempo en venir aquí solo para regocijarte con mi dolor. ¿O quizá has pensado que sería divertido echarnos de aquí personalmente? Pues te ahorraré la molestia. No tardaremos mucho en hacer las maletas.

De todos los lujos a los que iba a tener que renunciar, ese era el que iba a echar más de menos. El lujo del orgullo. Y ella sabía bien hasta qué punto se trataba de un lujo.

–Todavía no he terminado –le espetó él.

¿Había más? ¿Podría haber algo todavía peor?

–Antes de morir, Carlo me nombró tutor legal de sus hijos.

Tenía que ser una broma. Un intento cruel y deliberado de asustarla: su venganza. Pero no podía ser cierto.

–¿Qué te pasa? –le preguntó Gabriel suavemente, una vez recobró ella el aliento–. ¿No te informó Carlo de sus intenciones de nombrarme tutor legar de la familia de acuerdo con la tradición sarda?

Gabriel sabía perfectamente que Carlo no se lo había dicho a Sasha, puesto que su primo le había dicho que no lo haría.

–Será lo mejor –había musitado Carlo trabajosamente–. Aunque sé que a Sasha le va a costar entenderlo.

Y le estaba costando, pensó Gabriel. Sus ojos brillaban incrédulos mientras negaba con la cabeza. Esto no podía estar ocurriendo, se desesperó Sasha. Era la madre de todas las pesadillas. El colmo de la traición. Sintió cómo el miedo atravesaba su corazón y paralizaba su cuerpo.

–No –gritó, pálida de susto, retorciendo las manos con angustia–. No te creo.

–Mis abogados tienen todos los documentos que hacen falta.

No se trataba de una broma cruel, advirtió Sasha. Era real. Le dolía la cabeza, que tenía llena de preguntas sin respuesta.

–No lo entiendo. ¿Por qué iba a hacer Carlo una cosa así? ¿Por qué?

Gabriel se encogió de hombros. En cuestión de segundos, la imagen que tenía ante ella se difuminó y en su lugar apareció un Gabriel más joven que se impulsaba con esos mismos hombros fuertes y bronceados para salir del mar y alcanzar la cubierta de su yate. Su cuerpo desnudo y mojado estaba tan descaradamente listo para ella como el de ella lo estaba para él. Y ella siempre estaba lista para él. Preparada, ansiosa, deseosa. Carecía de inhibiciones y sospechaba que él no le hubiera permitido tener ninguna. Estaban solos en el yate, y ella se había puesto una de las camisas de Gabriel encima de su cuerpo desnudo, excitándose al pensar que su cuerpo estaría totalmente disponible en cuanto él lo tocara. Como amante, él le había abierto los ojos a un mundo nuevo de placer, tan intenso que sabía que nunca podría olvidarlo. Había habido veces en que Gabriel había pasado largas horas acariciando y besando cada centímetro de su cuerpo: la curva de su garganta, la suave piel de su antebrazo, los dedos. Si cerraba los ojos, todavía podía sentir el placer erótico casi insoportable que le provocaba su lengua húmeda al recorrerla entera. Se excitaba tanto que olvidaba que él le había ordenado que permaneciera quieta, e intentaba acercarse a él, arqueando la espalda y abriendo las piernas, mientras suspiraba con deleite al sentir cómo él separaba con cuidado los labios de su sexo y lo acariciaba con su lengua. Su orgasmo empezaba antes de que él la penetrara y, cuando esto finalmente ocurría, parte de ella ansiaba sentirlo sin la barrera del preservativo que él siempre insistía en utilizar.

De repente Sasha se dio cuenta del peligro que entrañaba lo que estaba haciendo. ¿Qué le estaba ocurriendo? ¿Cómo podía pensar en aquello en ese momento?

–Es obvio –oyó decir fríamente a Gabriel–. Carlo sabía cuál era el estado de sus asuntos financieros. Él mismo me dijo que quería hacer lo posible para proteger el futuro de sus hijos. Al nombrarme su tutor me estaba obligando moralmente a mantenerlos.

–No, él nunca hubiera actuado así –protestó Sasha, consciente de que se estaba engañando a sí misma. Ese era precisamente el tipo de cosas que Carlo hubiera hecho, aunque fuera por los mejores motivos. Carlo había tenido un concepto profundamente arraigado de la familia. Había estado muy orgulloso de ser un Calbrini, y de que sus hijos llevaran ese apellido. Él la había querido y la había protegido del dolor de amar a Gabriel y sentirse rechazada por él, pero los chicos llevaban sangre Calbrini en las venas y eso, a fin de cuentas, era más importante que ella.

Sasha intentó ser fuerte y centrarse en lo que Gabriel le estaba diciendo, en lugar de volver al pasado, pero los recuerdos que él le estaba haciendo evocar podían con ella. ¿Cómo era posible que el mero hecho de estar junto a él despertara en ella unos pensamientos eróticos que creía verdaderamente haber dejado atrás?

–Mantenerlos –repitió Gabriel y, con estudiada crueldad añadió–: Y protegerlos de su madre.

Sasha tardó varios segundos en asimilar lo que él acababa de decir y varios segundos más en reaccionar a sus crueles e injustas palabras.

–No necesitan que nadie los proteja de mí, y tampoco te necesitan a ti.

–Carlo no te daría la razón, y la ley tampoco te la va a dar. Soy su tutor. Esos niños están bajo mi tutela. Ese fue el deseo de su padre antes de morir.

–Pero yo soy su madre.

–Una madre no muy adecuada, podría decirse.

–No tienes ningún derecho a decir eso. No tienes ni idea de la relación que tengo con mis hijos.

–Te conozco. Acudiste a Carlo porque él estaba dispuesto a ofrecerte lo que yo no te iba a dar. Ahora está muerto, y tarde o temprano buscarás a otro hombre que ocupe su lugar. A Carlo le preocupaba que tu nuevo marido no velara por los intereses de sus hijos y, naturalmente, quería protegerlos.

–Nunca me casaría con un hombre que no amara a mis hijos como si fueran suyos.

–¿No?

Sasha creyó adivinar lo que él estaba pensando.

–Todavía no has perdonado a tu madre, ¿verdad? Pues yo no soy ella, Gabriel. Yo amo a mis hijos y...

–Cállate. Esto no tiene nada que ver con mi madre.

Sasha no quería discutir con él. ¿De qué serviría? Pero sabía que tenía razón. Gabriel creía que todas las mujeres eran capaces de abandonar a sus hijos por dinero. Necesitaba creerlo porque de lo contrario sería como aceptar que su propia madre lo había abandonado porque no era digno del amor materno. Sasha sabía que para él se trataba de una verdad inamovible, que no podía cambiar porque él no quería que cambiara. Era algo que ella había aprendido en su viaje hacia la madurez, que había sido difícil y doloroso en algunos momentos, pero que la había conducido a aceptar su propio pasado. Sobre todo había aprendido que era imposible hacer por los demás ese viaje que conducía a la aceptación de uno mismo.

Hacía tiempo que Gabriel había decidido sacrificar su capacidad de amar y ser amado a cambio de la protección que ofrecía la creencia de que el sexo femenino no tiene otra motivación que el propio interés.

Seguramente Carlo había creído tomar la decisión adecuada, pero Sasha deseaba que no hubiera traído a Gabriel de nuevo a su vida y, sobre todo, a la vida de sus hijos. Para ella, los niños lo eran todo. No había nada que ella no estuviera dispuesta a hacer para protegerlos; sería capaz de cualquier sacrificio.

–No tenías por qué aceptar él ruego de Carlo –señaló–. ¿Por qué lo hiciste? Mis hijos no significan nada para ti.

Gabriel notó la hostilidad en su voz. Dirigió su mirada hacia los niños. Sasha tenía razón: no significaban nada para él, aparte del hecho de que tenían sangre Calbrini en las venas. Su primera reacción al oír la súplica de Carlo había sido de rechazo. ¿Por qué razón iba a cargar con la responsabilidad de los hijos de su primo, sobre todo sabiendo quién era su madre? Estaba claro lo que Carlo pretendía. Estaba en la quiebra y debía dinero, sus hijos eran todavía demasiado jóvenes para valerse por sí mismos, y no se fiaba de que la madre pudiera protegerlos: se vendería al primer hombre que pudiera permitirse sus caprichos. Por eso Carlo recurrió a él, sabiendo que moralmente no podría ignorar el lazo sanguíneo que los unía.

Pero desde entonces Gabriel había tenido tiempo para reflexionar. Había llegado a la conclusión de que al aceptar el rol de tutor de los hijos de Carlo se ahorraba el tener que procrear sus propios herederos y todos los problemas legales que eso entrañaba. Los hijos de Carlo eran Calbrini. Decidió que iba a dedicarle un tiempo a esos niños para comprobar por sí mismo si estos merecían o no ser criados como sus herederos. En caso afirmativo, los educaría como si fueran sus propios hijos, para convertirlos en hombres dignos de su vasto imperio y su riqueza. En cuanto a Sasha...

Sintió el dolor de una herida que todavía no había cicatrizado. Su historia con ella era una página de su vida que todavía no había conseguido eliminar. Ninguna de las mujeres que había tenido antes ni las que vinieron después habían conseguido dejar la misma huella. Sasha tenía una deuda pendiente con él, y ahora el destino le estaba dando la oportunidad de resarcirse.

Una vez cobrados el capital y los intereses de su deuda, él la abandonaría. Solo eso podía salvar su orgullo. Le dejaría bien claro que no había lugar para ella en la nueva vida de sus hijos, y ciertamente no en la de Gabriel. No iba a resultarle difícil. Conocía a Sasha. Era hedonista, dada a los placeres sensuales y avariciosa. Gabriel no era tan inocente como para pensar que podía convencerla de lo que quería hacer. En el momento en que ella se diera cuenta del plan, se aferraría a los niños, que constituirían un pasaporte a su fortuna. Tenía que ser sutil y cuidadoso.

Y si, en última instancia, ella se negaba a renunciar a sus derechos sobre sus hijos... Bueno, si era lo suficientemente tonta como para hacerlo pronto se daría cuenta de su error.

–No, pero significaban mucho para Carlo –repuso Gabriel con frialdad–. Y la palabra que le di significa mucho para mí. Le prometí que los trataría como si fueran mis propios hijos, y eso es exactamente lo que pienso hacer.

¿Cómo sus propios hijos?, se sobresaltó Sasha. Debería habérselo imaginado. Ella sabía lo mucho que Carlo había amado a los chicos, pero no ignoraba lo profundas que eran sus raíces sardas y lo importante que eran para él la familia y el honor. Si Carlo la hubiera hecho partícipe de sus planes, podría haber hecho algo al respecto. Algo, cualquier cosa. Le hubiera rogado, suplicado, incluso exigido que no le hiciera una cosa así. Carlo sabía lo que Gabriel sentía por ella, lo mucho que la despreciaba. Y también sabía que...

Respiró hondo. Hacía años que no pensaba en eso. No se lo había permitido a sí misma desde aquel día en que abandonó la cama de Gabriel al amanecer mientras él dormía todavía ajeno a sus intenciones. No se llevó nada consigo. Dejó la ropa cara y las joyas que él le había regalado en el yate. Solo tomó su pasaporte y dinero suficiente para llegar al hotel en el que Carlo estaba hospedado. Tenía dieciocho años, y Carlo estaba ya entrado en los sesenta. No era de extrañar pues que, cuando un mes después se celebró la boda, el funcionario que los casó pensara que se trataba de su padre. Pero a ella no le importó. Lo único que le importaba ahora era su seguridad.

Sasha vio cómo Gabriel observaba a los chicos, y su instinto maternal interpretó esta mirada como una amenaza. Fue a tomarlo del brazo para que dejara de mirarlos, pero él se le adelantó y la agarró fuertemente de la muñeca, haciéndola gemir de dolor. El cuerpo de Gabriel se tensó como el de un cazador, un depredador esperando a que su presa tratara de escapar para castigarla. Sasha sintió un escalofrío recorrer su estómago al tiempo que reconocía esa sensación de excitación. ¿Cómo le podía estar ocurriendo esto? Hacía más de diez años que él no la tocaba. El nacimiento de los gemelos le había hecho experimentar un tipo diferente de amor que había borrado lo que sintió en su día por Gabriel. O por lo menos, así lo creía ella.

¿Cómo podía hacerle sentir así con su mero roce? Sentía un vacío en el vientre, las piernas le temblaban y sentía la adrenalina correr por las venas. ¿Cómo era posible que él le hiciera sentir todo eso? Intentó consolarse pensando que era fruto de su imaginación. Ella no lo quería ni lo deseaba. Pero el ansia en su interior era cada vez más intensa y ahogaba cualquier intento de pensar racionalmente. Excitación y rabia, deseo y disgusto, la alquimia a la vez dulce y salvaje que en su día compartieron volvía con toda su fuerza.

Recordó que así se había sentido la primera vez que lo vio. Solo que entonces su excitación no se había visto empañada por el dolor. Su ansia por él la había dominado incluso antes de que él la tocara, y cuando por fin lo hizo... Cerró los ojos en un intento por no recordar, pero ya era demasiado tarde. Se oyó a sí misma gritando de placer mientras él la llevaba al orgasmo con sus expertos dedos. Su primer orgasmo. Él había esperado hasta que su cuerpo había dejado de temblar para preguntarle, con un aire de triunfo que pronto le iba a ser muy familiar, cómo se llamaba.

Sasha abrió los ojos súbitamente. Le ardió la cara de vergüenza al recordar su comportamiento de entonces. Tenía solo diecisiete años, se recordó a sí misma temblorosamente. Una niña con la cabeza llena de sueños pero que, a la vez, creía saberlo todo. Ahora era una mujer de veintiocho, lo suficientemente madura como para darse cuenta de lo peligroso que había sido su pasado y lo afortunada que había sido al escapar de él y de Gabriel. Se había liberado. De su pasado, de Gabriel y de todo lo que él le había hecho sentir.

Sintió cómo Gabriel la observaba y cómo su intensa mirada la hacía temblar. Él no podía ni imaginarse lo que Sasha había estado recordando. Era lo suficientemente madura como para no traicionarse a sí misma revelándole sus pensamientos. Sin embargo, no pudo controlar su mirada, que recorrió su cuerpo deteniéndose en la garganta bronceada que asomaba por el cuello de su polo. Imaginó el torso poderoso, el estómago recubierto de vello y, por último, el lugar donde sus manos y sus labios habían descansado íntimamente en el pasado. Recordó la tersa carne masculina que recubría el músculo rígido, y cómo reaccionaba a su roce...

Pero ¿qué estaba haciendo? Desterró rápidamente sus recuerdos. Necesitaba desesperadamente tragar saliva y empapar sus labios secos pero no quiso hacerlo por si acaso... ¿Por si acaso qué? ¿Temía que Gabriel se diera cuenta de lo que había estado pensando y la sometiera a la salvaje posesión sexual que la había excitado tanto en el pasado? ¿Allí mismo, con sus hijos a pocos metros de ella?

–Suéltame –jadeó intentando desasirse de su mano.

–¿Estás segura de que quieres que te suelte? Hace tiempo me suplicabas que te tocara. ¿Te acuerdas?

Ella no pudo evitar temblar violentamente.

–Te lo advierto, Sasha, por si acaso se te ha olvidado. Sé perfectamente lo que eres –le dijo despreciativamente mientras estudiaba su cuerpo de arriba abajo.

–Soy la madre de los gemelos, y eso voy a ser para ti a partir de ahora, Gabriel –exclamó ella. Se soltó tan bruscamente que casi perdió el equilibrio. Lo miró temblando. ¿Cómo había podido ser tan tonta como para amarlo? Pero lo cierto era que lo había hecho. Locamente y con todo su ser. Había deseado desesperadamente que él correspondiera a sus sentimientos, creyendo que podía ofrecerle sexo a cambio de recibir amor. Qué tonta había sido. Pero ya no lo era.

Capítulo 3

TODAVÍA bajo los efectos del sobresalto, Sasha vio cómo Gabriel dirigía su mirada hacia los niños. Seguía sin comprender por qué Carlo había actuado así. Los hombres sardos eran ciertamente diferentes a los demás. Se guiaban por un código diferente, vivían en una sociedad paternalista y creían en el derecho absoluto a dirigir el destino de sus familias.

Cuando Carlo le contó a Sasha lo de la madre de Gabriel, advirtió que a aquel no le sorprendía en lo más mínimo que el abuelo de Gabriel hubiera querido forzar a la madre de este a casarse con alguien de su elección.

–No me extraña que quisiera huir –había comentado ella.

Carlo había fruncido el ceño y sacudido la cabeza.

–Tuvo la suerte de que su padre la perdonó y de que era lo suficientemente poderoso como para convencer a Luigi de que se casara con ella a pesar de la humillación a la que lo había sometido.

–Pero casarla con un hombre que ella no amaba...

–Era su padre, y tenía derecho a hacerlo.

–¿Y obligarla a abandonar a Gabriel, su propio hijo? No me dirás que eso estuvo bien, Carlo.

–No, no estuvo bien, pero Giorgio era un hombre orgulloso, y el cabeza de nuestra familia. La pureza de la sangre Calbrini era para él una cuestión de honor, y aceptar como nieto a un niño cuya sangre...

–Pero al final no le quedó más remedio, ¿no?

Carlo había inclinado la cabeza, como dándole la razón, pero Sasha sabía que en el fondo era tan conservador y tradicional como el abuelo de Gabriel. Ella sospechaba que le había contado la historia del nacimiento de Gabriel porque, a pesar de lo que este le había hecho a ella, Carlo sentía el deber de justificar a su primo. Carlo le había ofrecido protección, dinero y un nombre, pero seguía siendo un Calbrini. Al igual que lo eran sus hijos. Carlo nunca lo había olvidado. Y ahora ella tampoco podría, aun por razones muy diferentes.

Gabriel seguía observando a los niños.

–No tiene sentido que te los presente. Después de todo, no vas a desempeñar una función directa en sus vidas, ¿no? –lo desafió ella.

–Todo lo contrario. Mi intención es cumplir con mi deber de tutor. Por eso estoy aquí. A saber hasta qué punto se han visto perjudicados por las circunstancias de su vida –le contestó sin ni siquiera mirarla.

–Echan de menos a Carlo, pero el que haya muerto no quiere decir que...

Gabriel se volvió para mirarla.

–El daño al que me refiero no está causado por la muerte del padre sino más bien por la vida de la madre.

Sasha sintió que un escalofrío recorría sus venas.

–No tienes derecho a decir eso.

–Tengo derecho porque son mis pupilos y mi deber moral y legal es protegerlos.

–¿Protegerlos de mí? ¡Soy su madre!

Sus manos estaban tan tensas que se clavó las uñas en la carne. Él se giró lentamente y la miró con sus ojos de águila.

–Puede que seas su madre, pero también eres una mujer que suspira por un estilo de vida que solo un hombre rico puede facilitar. Cuando un hombre así te pague por usar tu cuerpo no querrá que su placer se vea interrumpido por las necesidades de unos niños de nueve años. Cualquier tribunal consideraría que una mujer así no cumple con sus deberes maternales y no es, por tanto, merecedora de tal nombre.

Sasha sintió que la rabia la quemaba por dentro.

–Solo porque tu madre te abandonó...

–Ni se te ocurra hablar de mi madre.

Ella nunca había sentido tanta furia, ni tampoco tanto miedo.

–He decidido que lo mejor para mis pupilos es que permanezcan aquí, en la isla de su padre, mientras reflexiono sobre qué es lo mejor para su futuro.

–No tienes ningún derecho.

Sasha estaba temerosa pero se esforzaba por no mostrarlo, pensó Gabriel. Casi podía sentir las oleadas de pánico y miedo que sacudían su cuerpo. El horror que se reflejaba en sus ojos no dejaba lugar a dudas.

–Son mis hijos –insistió Sasha con vehemencia–. Son míos.

–Y ahora son mis pupilos de acuerdo con la ley tradicional sarda. Esta es una sociedad patriarcal, como bien sabes.

Sasha sacudió la cabeza.

–No puedes hacer esto. No te lo permitiré.

–No puedes detenerme –sonrió él con frialdad–. No puedes permitirte llevarme a juicio. No tienes dinero. Carlo ha muerto y tendrás que encontrar otro hombre que te mantenga. Un hombre que, como Carlo, no se dé cuenta de lo que realmente eres. No te molestes en negarlo. Al fin y al cabo, los dos sabemos que estás acostumbrada a venderte al mejor postor. Por eso viniste a mí, y por eso me abandonaste, ¿o no?

Había formulado la pregunta casi con indiferencia, pero Sasha no se dejó engañar. Gabriel no hacía nada por casualidad y sin motivo. Pero a pesar de saberlo, no pudo evitar mostrar su propia agitación al espetarle nerviosa:

–Eso fue un error.

–Sí, tu error –se mostró de acuerdo él.

–No, no fue... –comenzó a decir ella, pero se detuvo–. Ocurrió hace mucho tiempo.

¿Qué estaba haciendo? No tenía ninguna necesidad de justificarse ante él pero sí de protegerse del desprecio que él siempre había sentido por ella. Gabriel era peligroso, siempre lo había sido y siempre lo sería, y ahora ella tenía las dos mejores razones del mundo para no recordar un pasado que a la larga iba a destrozarla.

–No hace tanto. Solo han pasado diez años desde aquel día en que te recogí en la calle donde te había dejado tu último amante. ¿Te acuerdas? Me dijiste que te habían ofrecido el papel estelar en una película porno, pero que preferías actuar en privado para mí. Fueron tus palabras, no las mías –Gabriel empezó a alejarse de ella y a dirigirse hacia los niños.

–¿Adónde vas? –preguntó ella frenética, aun conociendo la respuesta.

Él le dedicó una sonrisa que le hizo morderse con fuerza el labio inferior para no estremecerse de horror.

–Voy a conocer a mis pupilos –le contestó él con suavidad.

Sasha estaba tan atrapada por sus sentimientos y por el pasado que Gabriel había venido a recordarle que durante unos segundos no pudo moverse, pero consiguió sobreponerse y comenzó a correr detrás de él gritando:

–¡Deja a mis hijos en paz! ¡No te atrevas a tocarlos!

Entrar en la treintena le había sentado bastante bien, reconoció Gabriel a su pesar mientras la veía acercarse hacia él. Cuando por fin lo alcanzó, sus pechos subían y bajaban por la agitación y el esfuerzo bajo el fino tejido de su vestido. El viejo deseo que sintió renacer en su cuerpo lo pilló desprevenido. Ella siempre había tenido unos senos bonitos, firmes pero eróticamente reales, cálidos y maleables. Su piel sabía a mujer, a sol y a sexo y sus oscuros pezones estaban siempre hambrientos de la atención de sus dedos y sus labios. La recordó, prácticamente desnuda en la cubierta de su yate privado, con la cabeza inclinada hacia atrás para que la brisa marina jugueteara con su cabello, y una sonrisa lujuriosa en los labios que reflejaba el intenso placer sensual que sentía al ofrecerse a él. Ahora, al igual que entonces, ella estaba de pie frente a él, por lo que no pudo evitar mirarla de lleno. La maternidad había dotado a sus senos de una suave rotundidad pero no parecía haberle robado un ápice de esbeltez a su cintura ni afectado a la sensualidad de un cuerpo que parecía haber sido hecho para el placer sexual. Un cuerpo que él había conocido tan bien como el suyo propio o incluso mejor. Como amante, Sasha había combinado una feroz pasión sexual con la habilidad femenina de darse completamente al hacer el amor. Claro que él no había sido ni mucho menos el único hombre que disfrutara de la sexualidad de Sasha y ciertamente no el primero que había pagado por ella, ya fuera con dinero o en especie, es decir, con el estilo de vida que correspondía a la amante de un hombre rico. Así se lo había confesado ella la noche en que se conocieron.

Él frunció el ceño, molesto por el poder que ella seguía teniendo sobre él, aunque convencido de que ya no se trataba de la pasión incontrolable que hacía unos años le había derretido el cuerpo y el cerebro. Él había estado loco por Sasha y ella había dejado una herida que le seguía doliendo diez años después, por más que hubiera desaparecido la apremiante necesidad que había estado a punto de consumirlo. ¿Había desaparecido o la había desterrado? ¿Acaso importaba? Él se había dado cuenta desde la primera vez que la llevó a la cama de que no quería vivir deseando tan intensamente a alguien. Esforzarse en desterrar ese sentimiento demostraba que había actuado con sensatez, que había seguido su instinto de conservación. Lo que estaba sintiendo ahora no era más que la reminiscencia de un sentimiento muerto hacía tiempo.

Que ella lo hubiera abandonado para irse con Carlo ya había sido un golpe. Pero que Carlo le hubiera dado dos hijos de los que se sentía orgulloso no había hecho más que avivar el dolor que Gabriel sentía al recordar su propia infancia.

Para él, un hombre que nunca había recibido cariño ni un trato amable, el hecho de que le confiaran la protección de esos niños era un acto de una inmensa imprudencia o de confianza absoluta. Lo cierto era que Gabriel no tenía intención alguna de expiar los pecados de su madre mortificando a dos niños inocentes; no después de lo que él mismo había sufrido.

Se enteró de que Carlo había muerto unas horas después de haberlo visto. Había muerto solo, sin Sasha a su lado, ya que esta estaba de compras.

Sasha. No quería pensar en el pasado, pero no podía evitarlo. La recordó tal y como era la primera noche que la vio. Su cabello, coloreado con unas mechas mal dadas, era entonces más largo y estaba ligeramente enredado debido a la cálida brisa de la tarde. Llevaba una minifalda ordinaria y un top que dejaba ver más de lo que tapaba, indumentaria que no dejaba lugar a dudas sobre lo que hacía en aquella acera de St. Tropez. A él nunca se le hubiera ocurrido parar si no hubiera sido porque ella se había lanzado literalmente hacia su coche. En esa ciudad abundaban las chicas como Sasha, bonitas, disponibles y ansiosas, que iban de amante en amante en busca de un hombre lo suficientemente insensato y rico como para ofrecerles algo más que una noche de sexo a cambio de un fajo de euros. Sasha llevaba un gran capacho de paja que contenía, según le contó, todas sus pertenencias.

–Me he tenido que ir rápidamente, así que he agarrado lo que he podido –le dijo con franqueza una vez se introdujo en su Ferrari sin haber sido invitada.

Eso había ocurrido en mayo. Por lo poco que ella le contó dedujo que el hombre al que había abandonado era uno de esos indeseables que pululan en el festival de cine de Cannes, un «productor» que buscaba carne fresca para satisfacción propia y de aquellos que veían sus degradantes películas pornográficas.

Pero Gabriel no había querido perder el tiempo escuchándola, cuando había otras maneras de obtener placer de aquellos labios dulces y sensuales. Sasha, como todas las de su clase, era una chica práctica, y enseguida se dio cuenta de que sería más rentable satisfacer a un solo hombre que arriesgarse a pasar de la mano del productor a la de sus amigos.

Era realmente práctica. En cuestión de un año ya había hecho planes para prosperar. Para ello no solo se había pasado a la cama de otro hombre, sino que además se había casado con él, lo cual resultaba más rentable. Y ese hombre no había sido otro que Carlo, su primo segundo, un hombre que podía haber sido su padre. Nada parecía presagiar que Sasha fuera a abandonarlo: él era el que controlaba la relación, no ella. Él pagaba las facturas y, por tanto, llevaba la voz cantante: ella iba a ser suya el tiempo que él deseara. Pero lo cierto era que lo había abandonado, dejando tras de sí una deuda con su orgullo. Una deuda que ahora el destino le permitiría cobrarse.

Sasha advirtió que en los labios de Gabriel se estaba formando una sonrisa cruel que le resultaba familiar. Recordó la de veces que le había dedicado esa sonrisa burlona antes de satisfacer el deseo que despertaba en ella.

Cuando conoció a Gabriel, ella pensaba que sabía todo lo que había que saber sobre el sexo y sobre su propio cuerpo. Lo cierto era que no sabía nada sobre el placer y sí mucho de la necesidad.

Cuando Carlo le propuso escapar de Gabriel y de la vida que había llevado antes de conocerlo, se dijo a sí misma que era una oportunidad que no podía dejar pasar. Tenía que aprovecharla y pensar solo en el futuro. Y eso era exactamente lo que había hecho.

Pero aunque se había esforzado conscientemente en no evocar el pasado, a veces volvía a él en sueños, lo que le causaba un profundo dolor. En los años que siguieron al nacimiento de sus hijos, Sasha había aprendido a caminar con la cabeza bien alta, por los niños y por ella misma. No renegaba de su pasado, pero lo había dejado atrás con la lección bien aprendida. Si algún día sus hijos le hacían preguntas, ella les contaría la verdad.

Pero todavía eran demasiado pequeños para saber los errores que había cometido y estaba dispuesta a luchar para protegerlos de la realidad. Si Gabriel quería apartarlos de ella, tendría que hacerlo sobre su propio cadáver, se dijo vehementemente.

–No me voy a separar de mis hijos.

–Se quedarán aquí, conmigo.

–¿Contigo? ¿En Cerdeña? ¿Dónde? Si ni siquiera vives aquí –le recordó ella.

–Es cierto, pero ahora que soy el propietario del hotel tengo la intención de reconvertirlo en una casa privada. Los niños vivirán aquí cuando no estén en el colegio; de esa manera se educarán en la cultura de su padre.

Aparentemente, era un plan sensato y altruista. Pero el altruismo no era una de las características de Gabriel. Le estaba ocultando algo. Miró a sus hijos con el corazón lleno de ansiedad. No se podía negar que por sus venas corría sangre Calbrini, a pesar de que eran todavía demasiado pequeños para haber desarrollado el perfil de águila característico de la familia. Carlo siempre había proclamado orgulloso que sus hijos eran auténticos Calbrini, y le había prometido a Sasha que... Se clavó las uñas en la palma de la mano. Carlo había sido un hombre honorable, se dijo. No habría roto la promesa que le hizo antes de que nacieran los gemelos.

–Los niños tienes que regresar al colegio en Londres en septiembre –le advirtió a Gabriel.

–Todavía estamos en julio. Tienen todo el verano para pasarlo bien y empezar a acostumbrarse a mí.

–¿Vas a pasar el verano aquí?

–¿Y por qué no? Al fin y al cabo, soy de Cerdeña. Me conviene estar aquí para supervisar las obras del hotel y pasar más tiempo con mis pupilos.

Sasha lo miró desafiante.

–¿Eres consciente de que yo voy a estar aquí con ellos?

–¿Para hacer una escapada a Puerto Cervo e intentar encontrar a alguien que ocupe el lugar de Carlo? ¿Otro hombre mayor y adinerado a quien te puedas vender? ¿O quizá esta vez prefieres uno rico pero joven? No te hagas demasiadas ilusiones, Sasha. Te estás haciendo mayor, y tienes mucha competencia. Además, no hay muchos hombres que quieran cargar con los hijos de otro hombre. Aunque claro, ahora que lo pienso eso no es un problema para ti. No tienes más que meter a los niños internos en un colegio e ir a vivir la vida sin ellos, como hiciste cuando Carlo estaba muriendo.

–No tienes ningún derecho... –comenzó a decir Sasha, pero ya era demasiado tarde.

Gabriel había echado a andar hacia los gemelos, haciendo caso omiso de sus palabras. Ella empezó a correr hacia las rocas, en un deseo instintivo de situarse entre él y sus hijos, pero al hacerlo resbaló y se clavó una roca en la pierna desnuda, lo que la hizo estremecerse de dolor. Como si hubieran percibido la ansiedad de su madre, los niños dejaron de jugar y se quedaron mirando a los dos adultos que se acercaban. Ambos corrieron hacia su madre y se situaron uno a cada lado, en un gesto típicamente masculino que en otras circunstancias la hubiera hecho sonreír. Los gemelos eran idénticos, tanto que a veces casi conseguían engañarla cuando jugaban a intercambiar puestos. Pero había unas diferencias sutiles entre ellos que solo una madre podía apreciar.

Gabriel tuvo que reconocer que estaba espléndida actuando como una leona defendiendo a sus crías, completamente ajena al hilo de sangre que corría por su pierna.

Un sentimiento salvaje y primitivo se apoderó de él.

La historia de Cerdeña estaba plagada de historias de venganza y resentimiento entre clanes. Él provenía de una familia que, aunque de boquilla decía respetar las leyes vigentes, en el fondo creía en la ley del talión: ojo por ojo, diente por diente. Él había creído que Sasha le pertenecía, y que ella permanecería a su lado hasta que dejara de serle de utilidad. Había pensado que él controlaba la relación, y por lo tanto, a su persona. Su relación estaba gobernada por una tácita ley ancestral. Pero ella había violado esa ley y, al hacerlo, había ofendido su orgullo.

Jamás podría olvidar lo que su madre le había hecho cuando era un niño. Había renegado de él y Gabriel se había prometido a sí mismo que jamás dejaría que una mujer pusiera en peligro su seguridad emocional. Él era el que acababa siempre las relaciones con las mujeres que elegía. Había planeado terminar con Sasha, pero ella se le había adelantado. Y, lo que era peor, lo había abandonado por otro hombre. ¡Su propio primo! Sí, tenía una deuda pendiente con Sasha, y pensaba cobrársela.

Capítulo 4

NO IBA a permitir que la separaran de sus hijos, aunque ello significara tener que quedarse en la isla con Gabriel, se dijo Sasha con determinación. Afortunadamente, no sería por mucho tiempo. Ni siquiera Gabriel podía retrasar el comienzo del curso escolar. Lo cual le recordaba que... Miró los anillos que adornaban sus manos. Gracias a su voluntad y determinación había estudiado una carrera y un máster en administración de empresas. Y gracias a la generosidad de Carlo, la venta de sus joyas le permitiría comprar una casita en Londres cercana al colegio de los niños, pagar las matrículas escolares e incluso ahorrar algo de dinero por lo que pudiera pasar.

–Ven aquí –exigió Gabriel autoritariamente extendiendo la mano hacia el gemelo que le quedaba más cerca.

Sam dirigió a Sasha una mirada inquisitiva.

Sería muy fácil ponerlos en contra de Gabriel, llenar sus maleables mentes de odio y resentimiento, inyectarles veneno hasta que empezaran a odiar y temer al hombre que su padre había elegido como su tutor. Pero, a pesar de sus sentimientos personales, sabía que no podía hacer una cosa así. No podía manipularlos de esa manera. Ellos eran lo más importante para ella.

Sasha se esforzó en sonreír y empujó levemente a Nico y a Sam hacia Gabriel.

–Vuestro padre le pidió a Gabriel que fuera vuestro tutor, lo que significa que podremos quedarnos en Cerdeña el resto del verano –anunció intentando sonar desenfadada.

Era mejor darles una explicación sencilla que ellos pudieran entender. A ambos les encantaba Cerdeña, y con razón. Al fin y al cabo, había formado una parte importante en su vida y en la historia de su familia. Habían pasado allí todos los veranos desde que nacieron.

A Gabriel le resultó extraño que aquellos dos pequeños representantes de la genética familiar lo saludaran con un formal apretón de manos en lugar de hacerlo a la manera tradicional sarda. Pero al fin y al cabo su padre había sido un hombre ya mayor, de la vieja escuela y educado en parte en Inglaterra, por lo que no era de extrañar que eso se viera reflejado en sus maneras.

–¿Cómo te llamas? –preguntó Sam tímidamente.

–Gabriel es primo segundo de papá –explicó Sasha rápidamente para no darle a Gabriel la oportunidad de hacerse dueño de la situación ni siquiera en ese asunto tan nimio–. ¿Qué tal si lo llamáis primo Gabriel?

–Primo Gabriel –repitió el niño en voz alta. Sam era el más serio aunque, a veces, el más imprudente de los dos, mientras que Nico tendía a imitar a su hermano–. Me gusta.

–Me alegro –repuso Gabriel cordialmente y, haciéndose con el control de la conversación, añadió–: Yo llamaba a vuestro padre primo Carlo cuando lo conocí.

«Qué listo es», pensó Sasha viendo cómo sus hijos empezaban a relajarse y a acercarse a él, como si se sintieran instintivamente atraídos hacia ese personaje que acababa de irrumpir en sus vidas.

Carlo había amado profundamente a sus hijos, pero debido a su enfermedad, solo podía tolerar la presencia de los dos enérgicos muchachos en pequeñas dosis. Sasha se había convertido en una especie de parapeto entre padre e hijos con la intención de protegerlos a todos: a los niños del sufrimiento emocional y a su frágil marido del sufrimiento físico.

–¿Podemos ir a pescar esta tarde? –le preguntó Nico, deseoso.

Pescar se había convertido en uno de sus pasatiempos favoritos, y casi todos los días los tres pasaban largos ratos sentados en las rocas esperando que los peces mordieran el anzuelo que Sasha les había enseñado a preparar.

Pero antes de que ella pudiera abrir la boca, Gabriel respondió con calma:

–Tengo que hablar de algunos asuntos con vuestra madre, así que debemos volver al hotel. Pero quizá esta tarde me podríais enseñar cuál es el mejor sitio para pescar.

Estaba seduciendo a los niños con la misma facilidad con que la había seducido a ella tiempo atrás, pensó Sasha mientras veía a sus hijos saltar de alegría alrededor de Gabriel de camino de vuelta al hotel.

–¿Sabes jugar al fútbol? –oyó que Nico le preguntaba con tímido entusiasmo a Gabriel.

Gabriel se detuvo en el acto y miró la carita seria del muchacho.

–¿Qué clase de pregunta es esa? ¡Pero si soy italiano! –se rio del muchacho.

–Sam es del Chelsea, pero yo prefiero el AC Milan –afirmó Nico con una sonrisa radiante.

–Yo soy del Chelsea porque somos medio ingleses –explicó Sam con seriedad dirigiéndose a su hermano–. Es lo normal, ¿no?

Estaban tan emocionados hablando de fútbol con Gabriel que era como si ella no estuviera, pensó Sasha apenada.

–Tienes que curarte esa herida –ordenó Gabriel cuando llegaron al hotel.

Los labios de Sasha se contrajeron hasta formar una línea delgada.

–Por favor, no intentes dar a entender que te preocupa mi pierna –repuso con sarcasmo–. No te van los gestos caritativos. Además, los dos sabemos que nunca has sentido pena por el sexo femenino, y mucho menos por mí.

Se volvió para mirar a los niños, que se habían quedado atrás.

–Niños, hacedme el favor de ir a lavaros las manos antes de bajar a la cocina a comer.

Sasha estaba educando a sus hijos con amor pero con firmeza. Para ella, las buenas maneras eran muy importantes, pero el trato tenía que ser recíproco. Si pretendía que los niños se comportaran con educación, ella misma tenía que dirigirse a ellos con cortesía. Gracias a esta actitud que, afortunadamente era la misma que reinaba en el colegio, los niños estaban acostumbrándose a decir «por favor» y «gracias» automáticamente, aunque a veces, como era normal en los niños de su edad, se olvidaban de hacerlo.

–Tú no eres precisamente la persona más indicada para hablar de preocupación –dijo Gabriel en cuanto los niños desaparecieron escaleras arriba–. Puede que hayas sido lo suficientemente lista como para no contratar a una niñera a tiempo completo, cosa que Carlo no hubiera permitido de todas formas, pero está claro que procuras no tener demasiadas responsabilidades en el día a día de tus hijos.

–Que te hayan hecho algunas preguntas sobre fútbol no significa que sea una madre que no se preocupa por sus hijos –repuso Sasha desdeñosa.

–No me refería a eso, sino al hecho de que mandas a los niños a comer a la cocina, mientras tú seguramente comerás en algún sitio más elegante. Si pudieras salirte con la tuya, seguro que hasta comprarías un amante, posiblemente el mismo con el que se te vio cenando en Nueva York.

Sasha se le quedó mirando furiosa. Estaba tan enfadada que no pensó siquiera en responderle. No le debía nada. Y no iba a darle legitimidad a sus acusaciones intentando defenderse. ¿Por qué iba a hacerlo?

–Es una pena que no le saques más provecho a ese sentido retorcido de la realidad que tienes, Gabriel. Y para tu información te diré que quienquiera que estuviera haciendo de espía no se merecía el dinero que le pagaste. Si hubiera hecho bien su trabajo hubiera averiguado que el único hombre con el que estuve en Nueva York era el oncólogo que fui a visitar. Al contrario que tú, no me quedé sentada esperando a que Carlo muriera cuando había una esperanza remota de encontrar algún medicamento o tratamiento que pudiera alargar sus días –repuso despreciativamente antes de darse la vuelta para ir a reunirse con sus hijos en el piso de arriba.

Pero él no la dejó ir muy lejos y, agarrándole la muñeca, la obligó a volverse hacia él cuando apenas había subido dos escalones.

–Tu historia es muy conmovedora. O por lo menos lo sería si no te conociera tan bien. ¿No se te ha ocurrido pensar que a lo mejor Carlo deseaba morir? ¿Que prefería morir tranquilamente en su propia cama en lugar de prolongar su agonía durante meses o semanas solo para que tú pudieras seguir aprovechándote de su dinero? Mientras estuvo vivo tuviste la vida con la que siempre soñaste, la vida que conseguiste a cambio de tu cuerpo. Él estaba loco por ti y tú lo sabías. Tanto que me rogó que le prestara dinero a cualquier interés solo para poder satisfacer tu avaricia.

–¡Eso no es verdad!

Se había quedado tan pálida como el mármol que revestía las paredes del vestíbulo. Sus ojos se llenaron de lágrimas, haciendo que la imagen de Gabriel apareciera borrosa.

–Fue su orgullo lo que le hizo pedirte dinero prestado, no yo. Yo ni siquiera sabía lo que estaba haciendo.

–Eres una mentirosa.

Él seguía sujetándola por la muñeca y, al mirarlo recordó una escena en la que ella, en otros tiempos y en otra escalera de mármol, lo miraba mientras reía provocativamente. Eran las escaleras de un taller de costura exclusivo al que él la había llevado para que se probara un vestido de seda negro que se ajustaba como un guante a su cuerpo. Ella se había inclinado hacia él y, al hacerlo, el vestido se había deslizado dejando sus pechos al descubierto. Él había acariciado su cuerpo con la mirada y había ahuecado las manos para acomodarlas a sus senos desnudos. En aquella época ella todavía creía que él no hablaba en serio cuando decía que en su vida no había lugar para el amor y los sentimientos. Estaba tan locamente enamorada de él que pensaba que la fuerza de su amor le haría cambiar. Pero eso había sido entonces.

Ahora, el mar de lágrimas que había derramado y el muro protector que había construido a su alrededor la separaban de su pasado. Era un muro impenetrable, reforzado por la amargura de la realidad y por el odio que sentía.

–Te odio –le dijo exaltada, mientras sentía el aliento abrasador de Gabriel sobre su piel.

Este, sin poderse contener, la zarandeó furiosamente, haciendo que perdiera el equilibrio y se tambaleara hacia él.

–Eso dices, pero estoy seguro de que seguirías acostándote conmigo... por dinero.

Retrocedió encolerizada, los músculos de la garganta tensos por el enfado y el dolor.

–Tú fuiste el que me enseñó a separar el cuerpo de los sentimientos, a considerar el sexo como una actividad física que no tenía nada que ver con el amor. Así que si quisiera acostarme contigo, me imagino que sería capaz de abstraerme del odio que te tengo. Pero lo cierto es que no quiero, y que tampoco utilizo mi cuerpo como moneda de cambio.

–¿Por qué? ¿Tan pronto has encontrado a otro hombre que sustituya a Carlo?

¿Por qué estaba sintiendo ese dolor tan intenso? No la deseaba; había dejado de hacerlo el día que ella empezó a aspirar a ocupar un puesto permanentemente en su vida. Todavía le parecía oír su voz suave y falsa mientras le decía: «Te quiero Gabriel, y sé que tú también me quieres, aunque te niegues a reconocerlo». Él le había contestado: «Te equivocas. Yo no quiero a nadie. Mis padres adoptivos destruyeron mi capacidad y mi deseo de amar. Los mismos que dijeron quererme cuando descubrieron que tenía dinero. Tú dices que me amas, pero lo que en realidad quieres decir es que te gustaría quedarte para siempre a mi lado porque yo soy rico y tú pobre. Lo que en realidad amas es lo que soy capaz de darte». «¡Eso no es verdad!», había protestado ella. Pero por supuesto él no la había creído.

La miró, mientras ella le decía con vehemencia:

–No, Gabriel, al contrario que tú, yo he dejado el pasado atrás –y elevando orgullosamente la barbilla, añadió–: Ahora tengo una carrera y un máster en administración de empresas. Puedo encontrar un trabajo que me permita mantenernos a los tres.

Sasha deseó que eso se hiciera realidad.

Gabriel intento luchar contra la sensación que se estaba apoderando de él. ¿Por qué diablos le sentaba tan mal que ella pudiera mantenerse sola y no depender de él?

–A mí no me engañas en tu papel de madre abnegada, Sasha –contraatacó–. ¿Acaso crees que si fueras la madre que pretendes ser Carlo hubiera considerado necesario nombrarme tutor de sus hijos? Está claro que al final se dio perfecta cuenta de lo que eres, y que quiso protegerlos.

Sasha levantó instintivamente la mano, pero él reaccionó con rapidez y, antes de que ella se diera cuenta de sus intenciones, la tomó en sus brazos y la besó furiosamente. La boca de Gabriel ejercía una presión violenta sobre sus delicados labios, magullándolos, mientras ella forcejeaba intentando escapar de su abrazo. Pero el sabor a sangre que sentía en la lengua provenía del salvaje mordisco que le había propinado en el labio inferior como venganza. Él la apartó tan bruscamente que casi la derribó al suelo, y la miró con ojos asesinos mientras se limpiaba el labio herido con la palma de la mano.

–¡Zorra! –gritó brutalmente antes de darse la vuelta y bajar las escaleras, dejándola con una sensación fría y ardiente a la vez, de miedo y desesperación, de odio y... ¿Y de qué? Lo contrario del odio era el amor, y ella no lo amaba. Se llevó la mano a los ojos y se sorprendió al ver que al retirarlas estaban cubiertas de lágrimas.

Parte del encanto del hotel residía en el hecho de que conservaba muchos de los aspectos de una residencia privada, pensó Sasha en la habitación de la suite situada en el piso superior que, a instancias de Carlo, no había formado nunca parte del hotel.

Debajo, en el piso siguiente, había otra suite grande y tres más pequeñas, quedando el resto de las habitaciones en lo que una vez había sido el establo de la casa. Los espacios comunes estaban decorados y amueblados como si pertenecieran a una casa privada.

En la parte trasera del edificio se había construido un gran salón acristalado que hacía las veces de comedor y que daba a una terraza que, a su vez, desembocaba en la piscina.

Para un hombre con la fortuna de Gabriel iba a ser muy fácil reconvertirlo en residencia privada. Y sería más cómoda que la fortaleza de las montañas donde había vivido su abuelo.

Carlo y ella habían ocupado habitaciones separadas durante su matrimonio. La suya tenía vistas al mar y estaba decorada en tonos azules pastel y con tejidos naturales.

Tenía que hablar con María de la comida, así que la llamó por teléfono. Una vez hubo terminado la llamada se quitó el vestido de lino y se dirigió al cuarto de baño para curarse la herida de la pierna. Las horas que estaba pasando al aire libre con los niños le estaban bronceando la piel, desterrando la palidez causada por el tiempo que había pasado junto a Carlo. Apenas se miró en el espejo. Lo ocurrido durante la mañana le había dado dolor de cabeza.

¿Por qué le había hecho eso Carlo? Él le había prometido que nunca...

Pero en el fondo sabía el porqué. Era su manera de asegurar el futuro de Sam y Nico. Pero ¿y ella? ¿De verdad había pensado Carlo que ella permitiría que Gabriel la mantuviera? Quién sabía lo que pasaba por la cabeza de un hombre en su lecho de muerte.

Limpió la herida de forma automática, pero sus pensamientos estaban en otro sitio. El vestido tenía un poco de sangre seca, por lo que fue al vestidor y sacó unos vaqueros y una camiseta del armario. Le hubiera gustado darse una ducha antes de vestirse, pero los chicos ya tendrían hambre.

Abajo, en la cocina, María y los niños la esperaban alrededor de una mesa grande, muy usada pero reluciente. María era la mujer que iba a cocinar para ellos cuando se hospedaban allí.

–Mira, mamá, María va a hacer una tarta con estos huevos que han puesto Flossie y Bessie –anunció Sam orgulloso.

Flossie y Bessie eran las gallinas de Bantam de los niños. Estos estaban aprendiendo a apreciar qué era la buena comida, de dónde provenía y cómo cocinarla, un aspecto de su educación que Sasha se esforzaba en fomentar.

–Vamos a hacer brownies. Pero después de comer.

–Buena idea –anunció inesperadamente una voz masculina. Una voz que a Sasha no le apetecía nada oír. Ella le miró el labio involuntariamente. Había dejado de sangrar pero estaba muy hinchado–. Me encantan los brownies.

¿Qué le estaba pasando? ¿Por qué no podía dejar de mirar esa boca? Si no dejaba de hacerlo él se iba a dar cuenta... Se preguntó si María y los chicos estarían percibiendo la tensión y la desconfianza que reinaban en la habitación. Le fastidiaba reaccionar así. Ya tenía veintiocho años, no diecisiete, y ya no era tan vulnerable ni tenía que sentirse abrumada por la sexualidad de Gabriel y por su propia inmadurez.

Pero no le cupo la menor duda de que se estaba excitando. Sentimientos de rabia, rechazo y pánico corrían por sus venas como una lava roja y caliente. ¿Por qué le estaba ocurriendo aquello? Había vivido diez años sin él. Un tiempo en el que se había sentido feliz y segura, contenta de haberse liberado de la necesidad y los sentimientos destructivos que la habían atado antes a él, del ansia que ella no había sido capaz de controlar y él sin embargo sí. No había nada que no hubiera hecho entonces para complacerlo. Para ella no había nada que superara al placer de agradarle. Y el dolor que estaba sintiendo ahora en su interior era un recordatorio de que, igual que él había sabido cómo provocarla, también había sabido satisfacerle. La pasión que había habido entre ellos había sido devoradora, casi compulsiva. ¿Cómo podía un hombre tener tanto poder sobre ella?

Intentó concentrarse en la mesa que tenía enfrente. La buena comida había que digerirla bien, y para eso había que estar relajada. Pero ella ya empezaba a acusar la ansiedad que la presencia de Gabriel le hacía sentir. ¿Qué estaba haciendo él en la cocina? Al telefonear a María para avisar de que iba a haber un comensal más a la mesa se enteró de que Gabriel ya había estado en la cocina para presentarse e informarla de que se quedaría a comer.

El hotel había estado cerrado oficialmente desde el día en que murió Carlo, tras descubrirse que estaban casi en la quiebra. El chef, que contaba con estrellas Michelin en su haber, el imponente maître y la elegante recepcionista se habían marchado en busca de un trabajo más seguro, y solo quedaban en el hotel unos cuantos empleados, entre los cuales se incluían María y algunos miembros de su familia.

Sasha le preguntó a María en el dialecto local si Gabriel había pedido la comida. Gabriel, que hablaba varios idiomas, siempre utilizaba el inglés para dirigirse a ella, y así lo hizo al comentar:

–María se ofreció a servirme la comida en la terraza, pero cuando me di cuenta de que estaba sola en la cocina le dije que no tenía que molestarse. Al fin y al cabo, es una persona mayor y la terraza queda bastante lejos.

Sasha percibió un tono de desaprobación en su voz y supo inmediatamente que iba dirigido a ella.

–Yo soy la que sirve la comida, no María –lo corrigió. No le dijo que también hubiera cocinado ella misma, no porque María no pudiera, sino porque Sasha ya se había dado cuenta, sin necesidad de que Gabriel lo señalara, de que el reumatismo que aquejaba a la vieja señora le impedía acometer muchas tareas. María, su marido y el resto de su familia dependían del hotel, y no solo para ganarse la vida, ya que vivían en él. Sasha ya había empezado a echar mano de sus propios ahorros, que no eran muchos, para evitar que sufrieran privaciones. Pero no le iba a contar a Gabriel nada de eso. Ahora lo que más deseaba era que él desapareciera de su vida o, por lo menos, de la cocina. Evitando mirarlo a la cara, le dijo desdeñosa:

–Seguro que encuentras el camino de vuelta a la terraza. ¿Dónde vas a comer?

Se le hizo un nudo en el estómago al considerar la posibilidad de que él sugiriera que los dos comieran juntos.

–Mamá siempre como aquí con nosotros –informó Sam devolviendo a Sasha a la realidad con su tranquila voz infantil.

–Como sabes, el hotel está cerrado.

Claro que lo sabía. Sabía todo lo que había que saber sobre el estado actual del negocio, puesto que ahora le pertenecía.

Sasha seguía sin ser capaz de mirarlo a la cara. Él, por supuesto, estaba acostumbrado a lo mejor y contaba con los servicios de un jefe de cocina que estaba de guardia día y noche.

–Los niños y yo hacemos comidas muy sencillas. Lo mejor será que te vayas a Puerto Cervo. Allí encontrarás muchos restaurantes.

–¿Qué vais a comer? –les preguntó a los gemelos, haciendo caso omiso de ella.

–Pescado –respondió Sam con entusiasmo–. Lo elegimos nosotros en el mercado esta mañana. A mamá no le gusta cuando todavía se mueven, pero es la manera de asegurarse de que los acaban de pescar. Pietro nos lo enseñó. A veces hasta nos deja ir con él en el barco y los vemos en la red. Si quieres, le podemos preguntar si puedes venir tú también.

Sasha sintió una punzada de orgullo maternal. Se le llenaron los ojos de lágrimas pero luchó por no derramarlas. A los hijos varones no les gusta que las madres hagan cursis demostraciones de amor.

–¿Crees que habrá pescado suficiente para mí? –oyó que Gabriel le preguntaba a Sam, tratándolo de igual a igual, y no como a un chiquillo. Esa actitud lo iba a hacer muy popular con los niños, pensó Sasha con rabia. Y él lo sabía. Se lo dio a entender con la mirada que le dirigió. Había sido un triunfo rotundo.

–Si prefieres carne en lugar de pescado tenemos un poco de cordero. Pero va a tardar en hacerse –le dijo fríamente evitando mirarlo directamente– pero te lo recomiendo. Lo servimos en brocheta, con pimiento, cebolla, champiñones y arroz silvestre de guarnición. Es una receta de la zona y...

–Me crié aquí, lo sabes muy bien –la interrumpió Gabriel, y añadió de una manera cortante–: Tomaré pescado.

–Mamá nos está enseñando a cortarlo en filetes –dijo Nico muy serio.

–¿Estás criando a dos cocineros? –le preguntó Gabriel en un tono no del todo antipático.

–No, estoy criando a mis hijos para que sean independientes y para que aprecien su entorno y los placeres de las cosas buenas y sencillas que les ofrece la vida –lo corrigió Sasha con vehemencia–. Mis hijos...

–Y mis pupilos –la interrumpió él amenazadoramente haciéndole sentir un escalofrío.

Gabriel tuvo que reconocer mientras la miraba que la relación que Sasha tenía con sus hijos no era como él había imaginado. Ella misma era distinta a como la recordaba. Había esperado encontrarse con una madre que expresara exageradamente un instinto maternal fingido, que era lo que observaba entre las mujeres de los hombres de su edad. Mujeres que utilizaban a sus hijos como accesorios para posar ante las cámaras pero que luego se apresuraban a soltarlos en manos de terceros en cuanto desaparecían los periodistas. Pero, aunque le costara, no tenía más remedio que reconocer que lo que había visto en los ojos de Sasha cuando esta miraba a los gemelos era amor de verdad.

Gabriel sabía que al descubrir que se había quedado sin un duro Sasha había tenido que cambiar el estilo de vida al que estaba acostumbrada cuando vivía Carlo, pero no pensó que ella también hubiera cambiado. Sin embargo, la mujer a la que estaba observando ahora parecía estar muy a gusto en esa cocina y perfectamente cómoda en su papel de madre a tiempo completo.

Miró en derredor apreciando el ambiente casero y confortable de la habitación y las caras confiadas y sonrientes de esos dos niños de los que ahora era responsable. Cuando él era pequeño, sus padres adoptivos apenas lo dejaban entrar en la cocina de la granja en la que vivían que, por otro lado, carecía de la calidez y la limpieza que se respiraba en esa habitación. En esa cocina se respiraba amor.

¿Amor? Él no creía en el amor. El amor no existía. Y si no existía, el hecho de no haberlo recibido cuando era niño no tenía por qué importarle ni por qué hacerle daño. Ese era el mantra que se repetía una y otra vez.

Al final, todos comieron pescado en la mesa de la cocina. Sasha no consiguió probar bocado. Aunque se había sentado de manera que no tuviera que mirar a Gabriel, no podía evitar sentir su presencia, cosa que la ponía muy nerviosa. Si él había insistido en comer con ella para atormentarla, no cabía duda de que lo estaba consiguiendo.

Recordó la primera vez que comieron juntos. Había sido a bordo de su yate, adonde la llevó cuando la recogió en aquella calle de St. Tropez. Aquel día no había tenido problemas de apetito. No había comido nada decente durante varios días y estaba hambrienta. Él se había mostrado ligeramente sorprendido al ver que la comida desaparecía de su plato en cuestión de segundos.

Pensaba que había sido muy lista. Lo había estado observado durante una semana entera, y había estado fantaseando y soñando despierta como una quinceañera desesperada por conocer el amor.

Lo había visto en el muelle, lo que le hizo pensar ingenuamente que sería miembro de la tripulación de uno de los grandes yates que estaban atracados en el puerto. Su sencilla indumentaria, vaqueros y una camiseta, no daba a entender que pudiera ser el propietario de uno. Era el tipo de hombre con el que una chica como ella solo podía soñar. Alto, moreno, increíblemente guapo, lo tenía todo para volver loco a las mujeres. La verdad es que se había enamorado antes de cruzar una palabra con él.

Y tenía tanta necesidad de amor. Su madre había muerto al dar a luz, y a su padre le recomendaron que la diera en adopción. Cuando tenía cuatro años, su padre se volvió a casar, y aunque él y su nueva esposa la animaron a que se fuera a vivir con ellos, su necesidad de amor no dio más que problemas, sobre todo cuando su madre adoptiva se quedó embarazada. Volvió a la casa de acogida, donde se quedó hasta que cumplió los dieciséis, anhelando amor pero ya demasiado afectada por su pasado como para encajar en una familia normal.

Los servicios sociales la ayudaron a encontrar un empleo y un lugar donde vivir, pero los dueños de la tienda donde trabajaba se incomodaron ante sus intentos de formar parte de la familia y de encontrar en ellos a los padres que nunca tuvo. Después de aquello, fue sometida a una terapia que tenía como fin resolver sus «problemas afectivos», pero ¿de qué iba a servir la terapia cuando lo único que deseaba era ser amada?

Los asistentes sociales le encontraron otro empleo, esta vez en un supermercado. Cuando seis de sus compañeras y ella ganaron un poco de dinero en la lotería, decidieron que se irían de vacaciones a St. Tropez. Una de las chicas, bien dotada y con veinte años, conoció al lascivo «director de cine», que tras decirles que se encontraba en Cannes para asistir al festival, les propuso participar en una de sus películas.

Las chicas tuvieron una acalorada discusión. Por un lado, estaban las que no querían tener nada que ver con lo que describieron como un «vicioso agente de películas pornográficas» y por otro, las menos, las que buscaban la fama a cualquier precio. Doreen, la rubia neumática, convenció a Sasha de que se uniera a ella en la conquista de la fama como estrella de cine porno.

Mientras las chicas discutían entre ellas, Sasha soñaba despierta con Gabriel, imaginando que él se enamoraba locamente de ella y que vivirían felices para siempre jamás. Por aquel entonces, ni siquiera sabía su nombre.

Ahora sabía que aquellas fantasías que poblaron su cabeza durante su infancia y su juventud, primero la de formar parte de una familia unida y luego la del enamoramiento de Gabriel, no habían sido más que una manera de procurarse el amor que nunca había recibido. En sus sueños podía diseñar un mundo a su medida.

La víspera del viaje de vuelta a Inglaterra, Sasha decidió llamar la atención de Gabriel. ¿Qué la llevó a fijarse en un hombre tan destrozado emocionalmente como ella? La suya había sido siempre una relación condenada al fracaso, si es que lo que ellos tuvieron podía denominarse una «relación». Lo suyo había sido más bien una adicción sexual compulsiva y peligrosa acompañada de una dependencia emocional por parte de ella y de un rechazo absoluto a todo lo que tuviera que ver con los sentimientos por parte de él. Hubiera sido difícil encontrar a alguien menos adecuado para satisfacer sus expectativas. Una persona más sensata se hubiera dado cuenta de ello. Pero ella no tenía en la cabeza más que sus propias fantasías.

Aquella primera noche ella había creído sinceramente que lo más difícil iba a ser reunir el coraje necesario para avanzar hacia su coche imitando las poses de las chicas atrevidas. Milagrosamente, había funcionado. Primero había entrado en su coche y de ahí, había pasado a su cama. Lo que no podía sospechar entonces era que le iba a resultar imposible acceder a su corazón.

Los niños, que habían terminado de comer y estaban deseando volver a salir, la devolvieron al presente. Ese día había sido uno de los más largos de su vida, reflexionó con cansancio unas horas más tarde. Los gemelos estaban ya en la cama, pero ella, agotada física y psíquicamente, no lograba conciliar el sueño. Pero tenía que hacerlo, ya que los niños se levantaban siempre muy temprano.

Hacía horas que Gabriel había subido a la suite que había decidido fuera la suya. Tras anunciar bruscamente que tenía trabajo por hacer, se había despedido de los niños hasta la mañana siguiente. Era increíble la facilidad con la que distinguía a uno del otro. Carlo nunca había sido capaz de hacerlo.

Gabriel. No podía creerse lo que había ocurrido, se dijo de camino a la cama.

Mientras, Gabriel, sin poder dormir en la oscuridad de una habitación desconocida, se hallaba confundido y desorientado entre el pasado y el presente. Tanto, que le faltó poco para esperar encontrar el cuerpo de Sasha junto a él y palpar la piel suave de su pecho y acariciar sus pezones con la punta del pulgar en un gesto al que, como ella le había dicho muchas veces, no se podía resistir. Nunca había conocido a una mujer tan sensible a su roce, que se excitara tan rápida e incontrolablemente con él. Y lo cierto era que él tampoco se había sentido nunca tan vivo desde el punto de vista sexual. Había habido veces que el deseo que sentía por ella lo había llevado a considerar deshacerse del personal y de tripular el yate él mismo para poder disfrutar de la comodidad de acostarse con Sasha dónde y cuándo le apeteciera.

Cuando le pidió que se pusiera una de sus propias camisas sobre el provocativo traje de baño que le había comprado, ella se mostró un poco reacia, pero después de explicarle que debajo de la camisa quería un cuerpo desnudo y listo para él, la expresión de su cara fue de franca excitación.

Gabriel había empezado a sentir la necesidad de tenerla allí en todo momento, para saborear el fruto más dulce sin que nadie lo molestara. Le gustaba saber que no tenía más que deslizar una mano bajo su falda y acariciarle el muslo para que ella ardiera de excitación. Mucho antes de que sus dedos separaran con suavidad los labios de su sexo, ella ya se había inclinado sobre él, con los ojos cerrados, temblando de deseo. Algunas veces había hallado más placer viéndola alcanzar el clímax gracias a la caricia de sus dedos que al llegar al éxtasis dentro de ella. Pero solo a veces, ya que su sexo no podía aguantar mucho tiempo sin sentir el firme agarre de esos músculos que le espoleaban a penetrarla más profundamente, tanto que a veces le parecía que al poseerla se convertían en una sola persona.

Gabriel frunció el ceño al advertir que no tenía el

cuerpo de Sasha a su disposición. Bajo su mano solo había una cama fría y vacía.

Ya completamente despierto, maldijo algo entre dientes y en su cara se dibujó una expresión de furiosa determinación. Su orgullo no estaría satisfecho hasta que no tuviera a Sasha rogándole que le hiciera el amor. Entonces, él sería el que la abandonaría.

Hacía años que no se despertaba en mitad de la noche, y la única explicación que encontraba era que su subconsciente sabía que había llegado el momento de castigar a Sasha por lo que le había hecho. Así de simple.

Se desplazó hasta el centro de la cama y cerró los ojos con determinación. Una vez satisfecho su orgullo, podría dedicarse al asunto de los hijos de Carlo y a su deber de protegerlos del daño que tener a Sasha de madre sin duda les estaba causando.

Capítulo 5

DESDE la casa salía un sendero que llevaba hasta la playa. Desde allí, Gabriel podía ver a Sasha y a los gemelos caminando por la playa. Ellos no lo habían visto, lo que le daba la oportunidad de observarlos tranquilamente.

El sol de primera hora de la mañana se reflejaba en el mar y calentaba la arena de la playa. De vez en cuando Sasha o uno de los críos se paraba para recoger una piedrecita o una caracola.

Sasha parecía más una niña que una mujer, vestida con una camiseta y unos vaqueros cortos, con una diadema y un par de prismáticos al cuello. Podía ir el rumor de su conversación pero no acertaba a captar las palabras. De vez en cuando se oían risas que indicaban que estaban pasando un buen rato.

Sasha dirigió su vista hacia el mar y le dijo algo a los niños mientras miraba por los prismáticos y se agachaba detrás de ellos. Nico se apoyó en ella y la rodeó con sus brazos. Sam estaba de pie al otro lado. Sasha le pasó los prismáticos a este y luego a su hermano. Gabriel hizo visera con la mano y miró en la misma dirección. A lo lejos pudo ver un pequeño grupo de delfines. A Sasha siempre le habían encantado esos animales, recordó.

Nico le devolvió los prismáticos. Ella lo besó en la cabeza y rodeó a cada uno de sus hijos con un brazo.

Sintió una punzada de dolor en el estómago. De niño nunca recibió la ternura de un abrazo de mujer, cuanto menos el de su propia madre. Lo único que recibió fueron golpes e insultos hasta que se fue a vivir a casa de un abuelo orgulloso que solo lo toleraba porque no le quedaba más remedio.

Abajo, en la playa, Sasha les daba a sus hijos un último abrazo antes de soltarlos. Aquellos paseos matutinos formaban parte del ritual de las vacaciones y el avistamiento de los delfines había hecho que el de esa mañana fuera especialmente agradable.

Se estaba incorporando cuando Sam gritó, excitado:

–¡Mirad! ¡El primo Gabriel! –y empezó a correr hacia él, seguido de Nico.

Sam lo alcanzó primero y lo rodeó con sus brazos. Desde luego, la aceptación de Gabriel por parte de los niños no iba a ser motivo de preocupación, tuvo que admitir Sasha. Ahora Nico lo abrazaba también. Los dos niños miraban a su primo mientras le contaban con emoción que acababan de ver unos delfines.

–Voy a escribir en mi cuaderno de vida que hemos visto delfines –anunció Nico.

–Y yo en el mío –repuso Sam, que no quería ser menos.

–Podríais investigar un poco antes –les sugirió Sasha–. A lo mejor en Internet encontráis fotos para pegar en el libro.

–Yo ya he escrito en el mío que Gabriel es nuestro tutor –le dijo Nico a Sasha–. Quizá debería pegar una foto suya también.

–¿Qué son los cuadernos de vida? –preguntó Gabriel.

–Son una especie de diario –respondió Sasha, distante–. Lo tienen desde que aprendieron a escribir. En él anotan sus buenos recuerdos.

–Y también las cosas tristes, como cuando murió papá –intervino Sam y, después, dirigiéndose a su hermano, gritó–: Vamos, Nico, te echo una carrera hasta la casa.

Aparentemente, Sasha era una madre modelo, reconoció Gabriel. Se preocupaba por ellos, los protegía, pero a la vez los animaba a ser independientes. Aparentemente. Pero la realidad era que era tan buena actriz que había acabado creyéndose el papel que llevaba tanto tiempo representando. No podía engañarlo.

Aprovechando que los niños se habían ido, Sasha mantuvo las distancias con Gabriel. Le dolía el cuerpo de tanta tensión, como si estuviera constantemente conteniendo el aliento y tensando los músculos. Apenas había dormido las tres últimas noches, desde la llegada de Gabriel.

Los gemelos corrían hacia la casa, impacientes por tomar el desayuno. Sasha apresuró el paso para alcanzarlos manteniendo deliberadamente la vista fija en ellos.

–Estás perdiendo el tiempo. Lo sabes, ¿no? A mí no me engañas. Te conozco demasiado bien. Conozco tus motivos.

Gabriel había hablado en voz muy baja, como si quisiera que solo lo escuchara ella. Su corazón empezó a palpitar con fuerza. ¿Sabría él cómo su presencia la estaba afectando sexualmente? Ni siquiera el buen rato que había pasado en la playa con los niños había conseguido calmar el ansia que había invadido todo su ser. ¿Cómo era posible que se sintiera así? ¿Sería capaz alguna vez de liberarse de aquella adicción?

Se había liberado, se dijo a sí misma con determinación. Había aprendido la diferencia entre la naturaleza destructiva del sentimiento que había gobernado su relación con Gabriel y los ingredientes que formaban parte de una relación sana. ¿Que si todavía lo deseaba físicamente? ¡Por supuesto que no!

–Crees que me conoces, Gabriel –repuso ella tan serenamente como pudo–. Pero la niña que conociste ya no existe. Carlo me dio...

–¿Carlo te dio qué? –el tono brutal de su voz la hizo estremecerse–. ¿Placer físico? ¿Satisfacción sexual? ¿Te hacía gemir de placer cuando te tocaba con sus manos decrépitas, cuando te penetraba con su miembro marchito, Sasha? ¿O cerrabas los ojos y pensabas en su dinero? ¿Acaso te daba esto?

Y sin darle tiempo a reaccionar, la tomó por la cintura, la atrajo hacia sí, y sujetándole los puños tras la espalda con una mano y su cara con la otra para que no pudiera torcer la cabeza, le dio un beso profundo y salvaje.

Los niños habían desaparecido dentro de la casa, y el sonido rítmico de las olas se mezclaba con los latidos de su corazón. Se encontraba inmersa en un mar de sensaciones que a duras penas podía resistir: el aroma de la piel de Gabriel, el abrazo masculino, la manera en que su propio cuerpo se acomodaba automáticamente a la presión de su pierna entre las suyas, la hinchazón de sus senos provocada por el placer de sentir su lengua contra la suya en una escena lenta y erótica que acabó por derrumbar su determinación. Su cuerpo ya estaba preparado para recibir sus caricias. El dolor que sentía por dentro se había convertido en una punzada de deseo.

Una gaviota pasó por encima de sus cabezas y Gabriel la soltó bruscamente.

–Crees que puedes engañarme haciendo el papel de viuda desconsolada, Sasha, pero no puedes. Conozco tu juego –Gabriel jadeaba, su pecho subiendo y bajando entrecortadamente.

Sasha intentó concentrarse en el movimiento de su pecho mientras intentaba entender lo que acababa de ocurrir.

Sintió ganas de vomitar. Tenía un nudo en el estómago que le estaba provocando náuseas. Quería devolverle el golpe, hacerle el mismo daño que él le había hecho a ella. Levantó la cabeza y lo miró intensamente.

–¿Sabes qué Gabriel? En el fondo me das pena. Te crees muy fuerte pero en realidad eres un pobre hombre mutilado. No entiendes que una persona pueda cambiar porque tú no has cambiado. No entiendes que existan el amor y el respeto porque tú nunca los has experimentado. Lo único que sabes hacer es proyectar en los demás el daño que te hicieron cuando eras niño. Gracias a Carlo aprendí a ser emocionalmente estable. Ese fue su regalo, y es lo mejor que puedo ofrecerle a mis hijos. He cambiado. Ya no soy la niña que conociste.

Sasha se metió en la casa manteniendo la cabeza erguida.

Gabriel sintió una explosión de rabia en su interior. ¿Conque Sasha sentía pena por él? Pues muy pronto iba a darse cuenta de que debería haber reservado su piedad para ella misma, porque la iba a necesitar. ¿Cómo se atrevía Sasha, con la vida que había tenido, a acusarlo de ser un hombre mutilado? En cuanto a lo de que ella había cambiado, eso era imposible. Pero por alguna razón no podía quitarse de la cabeza la imagen de ella abrazando a los niños mientras miraban a los delfines. Al fin y al cabo, e independientemente de lo que había sido en su juventud, parecía haberse convertido en la madre de dos niños a los que adoraba con una intensidad que él casi podía sentir físicamente. ¿Pero a qué lo iba a llevar reconocer que estaba equivocado? ¿A sentir pena, arrepentimiento? ¿A admitir que había perdido algo insustituible, algo de un valor incalculable?

No podía permitir que eso ocurriera. Por más que los hechos demostraran lo contrario, tenía que seguir creyendo que Sasha no era de fiar, que se limitaba a representar un papel. No podía olvidar que ella había llegado a él después de estar con otros hombres, quedándose con él porque tenía más cosas que ofrecerle, según le había dicho ella abiertamente. Y lo había abandonado por esa misma razón. Tenía que estar allí para cuando llegara el momento en que ella decidiera cambiar de nuevo y sustituir el amor de sus hijos por el de otro hombre. Se lo debía a Carlo y a sus hijos. Le daba igual lo que dijera, no se fiaba de ella.

Podía seguir en su papel de madre amantísima todo el tiempo que quisiera, pero lo cierto era que ya había metido a los niños internos una vez para poder largarse a Nueva York. ¿Cómo podía ser la buena madre que aparentaba habiendo actuado de esa forma? Sobre todo teniendo en cuenta que Carlo estaba muriendo y que en ese momento los niños lo habrían necesitado más que nunca. Era imposible.

Dos horas más tarde, Gabriel levantó la vista del ordenador y miró por la ventana de la suite principal que había convertido en oficina temporal. Las exigencias de su trabajo eran tales que hubieran bastado normalmente para evitar que sus pensamientos giraran en torno a Sasha, pero no podía evitarlo. Por más que ella se empeñara en mostrar enfado y desprecio, él había sentido la reacción de su cuerpo. No cabía duda.

¿Habría tenido amantes durante su matrimonio con Carlo? Ese nudo en el estómago que tenía no estaba causado por el dolor, era más bien enfado por su primo; de eso estaba seguro. Cuando Sasha lo abandonó él se había negado a pensar en ella o en lo que estaría haciendo, pero ahora, teniéndola tan cerca, le resultaba imposible. Su presencia llenaba la casa y, aunque no la pudiera ver físicamente, la podía sentir a su alrededor.

Volvió a su ordenador. Acababan de llegar varios correos electrónicos, uno de ellos de su secretaria en Florencia, a quien le había pedido que buscara un preceptor que pudiera determinar los puntos fuertes y débiles de los niños con el fin de poder tomar una decisión respecto a su futuro. Desde luego que no iba a permitir que Sasha los enviara internos. Otro de los correos electrónicos provenía de un arquitecto que podía reconvertir el hotel en una residencia privada. Gabriel tenía propiedades por todo el mundo, pero ni estas ni su yate constituían el entorno adecuado para educar a unos niños de nueve años.

Abrió y leyó los correos electrónicos rápidamente, y a continuación ordenó a su secretaria que enviara a los dos mejores preceptores a Cerdeña para que él pudiera entrevistarlos. A Sasha no le iba a gustar lo que estaba planeando. Ella preferiría, sin duda, vivir a sus expensas en su entorno favorito: el de las tiendas y restaurantes exclusivos. Seguramente pensaba que tenía el control de la relación y que como él le había permitido quedarse en Cerdeña, iba a seguir viviendo de él.

Pero no tenía ninguna intención de financiar ese estilo de vida. Aunque hubiera sido la mejor mujer que había tenido jamás. Nunca había tenido esa química sexual con nadie. No había planeado acostarse con ella aquella primera noche. Pero Sasha había dejado claro que ella sí quería. Y una rápida mirada a sus bronceados brazos le confirmó que, al contrario que muchas otras chicas de las que abundaban en lugares como St. Tropez en temporada alta, ella no tenía marcas de pinchazos. Tampoco parecía que hubiera bebido. Así que la había llevado al yate y había sonreído cínicamente al percibir su excitación.

–¿Todo esto es tuyo? –le había preguntado ella con los ojos como platos. Normalmente, Gabriel no se dejaba engatusar por chicas así: bonitas, baratas, disponibles. Chicas de usar y tirar, en definitiva. Él estaba por encima de eso. Las mujeres con las que se acostaba eran mayores y más profesionales. Y más hábiles a la hora de ocultar la profesión a la que se dedicaban. Pero Sasha se había lanzado a su coche, y sin quererlo ni desearlo había acabado invitándola a bordo de su yate. Su sonrisa había iluminado su rostro; sin duda había oído que a los hombres les gustaban las mujeres deseosas y agradecidas, y ella había decidido mostrarse así.

–¿Qué estás haciendo en St. Tropez? –había preguntado él como si no se lo imaginara.

–He venido con unas amigas –respondió ella.

Él se imaginó que cuando hablaba de «amigas» se estaba refiriendo en realidad a «hombres», pero le siguió la corriente y le preguntó inocentemente:

–¿Y no estarán preguntándose dónde estás?

–No creo –contestó rápidamente–. En realidad no son exactamente amigas. Son más bien conocidas.

–¿Como el director de cine? –sugirió él con suavidad.

Se dio cuenta inmediatamente de que no le había gustado la pregunta. Jugueteó con el asa de su capacho y evitó mirarlo a la cara.

–Él no tiene importancia ahora.

«¿Ahora? ¿Ahora que has encontrado algo mejor?»

–Pero te estará buscando– insistió él.

–Le dije que no estaba interesada.

La forma en que elevó la cabeza para mirarlo a los ojos le dijo que estaba interesada en él.

Se puso de pie con la intención de pedirle a un miembro de la tripulación que se la llevara. Estaba aburrido de St. Tropez y ya le había dicho al capitán que a la mañana siguiente saldrían para Italia con destino a la costa amalfitana. Pero para su sorpresa, se oyó a sí mismo invitándola a comer algo. Ella engulló la comida con ansia, pero no probó el champán que el camarero le había servido. Cuando terminó, le preguntó si quería lavarse un poco y ella se lo quedó mirando, confusa, antes de exclamar entrecortadamente:

–¿Quiere eso decir que te vas a acostar conmigo?

¿Era eso lo que había querido decir? Aunque así hubiera sido, la torpeza de la joven por poco lo había hecho cambiar de opinión. Él estaba acostumbrado a mujeres lo suficientemente sofisticadas como para entender las reglas del juego. Claro que esas mujeres no lo miraban como lo había hecho ella en ese momento, con tanto embeleso y emoción. Sin duda porque estaba pensando en el dinero que estaba a punto de ganar, había pensado con sorna.

Abajo, en el camarote, Gabriel observó a Sasha mientras esta comprobaba, fascinada, el lujo que la rodeaba.

–No me puedo creer que esto sea un barco– exclamó.

–Es que no lo es –la corrigió él secamente–. No es un barco, es un yate. Y el cuarto de baño está allí.

Ella dirigió sus pasos hacia la puerta que él le había indicado, todavía aferrada a su capacho.

–Puedes dejar el bolso aquí –le dijo con impaciencia.

–Tengo en él el pasaporte y el billete de vuelta.

–No les va a pasar nada porque los dejes aquí.

El raído capacho desentonaba con el lujo de la silla de seda donde lo depositó.

Él le había concedido unos minutos antes de seguirla al baño. Estaba en la ducha, dándole la espalda. Su cuerpo era delgado, aunque bien formado, con una cintura estrecha, unas caderas ligeramente curvilíneas y unas piernas largas y delgadas. Se había lavado el pelo que, al estar mojado, parecía más oscuro. Se lo echó hacia atrás y el jabón se deslizó por su cuerpo desnudo, acariciando su piel suave y perfecta. Fue entonces cuando se giró y lo miró, y esa comezón que había empezado a sentir cuando la había visto por primera vez se convirtió de pronto en una urgencia salvaje. Apenas recordaba haberse quitado la ropa, ni haberse metido en la ducha con ella, pero no podía olvidar el tacto húmedo y resbaladizo de su piel cuando la tocó. Ni tampoco lo que sintió al verla estremecerse de placer cuando rodeó sus pechos con las manos y empezó a juguetear con sus erguidos pezones. Ella no le había ocultado nada, dejándole sentir y escuchar los signos de su excitación de una manera única y sensual.

No la había besado en un primer momento. Casi nunca besaba a sus amantes en la boca a menos que ellas se lo pidieran; para él era un placer sobrevalorado. Prefería estimularse viendo y tocando, y observar las reacciones que se reflejaban una tras otra en el rostro de Sasha mientras acariciaba su cuerpo desnudo le había resultado muy erótico. El deseo de la joven no se había reflejado solo en su cara, sino también en su cuerpo, que le había mostrado su vulnerabilidad sexual. Al principio pensó si no estaría fingiendo pero luego se dijo que era imposible fingir el arrebol que teñía su piel. Pero lo que le había hecho perder finalmente el control había sido el estremecimiento que la invadió cuando él le empezó a acariciar el pubis, de un modo tan intenso que la había llevado al borde del orgasmo.

Fue entonces cuando la besó. Lo hizo impulsado por una fuerza interna que no pudo controlar, y fue un beso profundo y posesivo. A continuación, había dirigido las manos de ella hacia su propio cuerpo y le había susurrado:

–Ahora me toca a mí.

Ella lo había mirado aturdida antes de comenzar a masajear su pecho con manos temblorosas. De repente, se inclinó y lo besó en la garganta y fue dejando un reguero de besos por su clavícula mientras sus manos empezaron a bajar haciendo que su vientre se tensara de impaciencia. Gabriel no había contado con lo que iba a experimentar al sentir sus suaves labios buscando uno de sus pezones.

–Yo soy el que debería hacerte eso a ti –la detuvo sosteniendo su cara entre las manos.

Ella no dijo nada, simplemente cayó arrodillada frente a él y lo introdujo en su boca lenta y cuidadosamente provocándole el placer más intenso que había experimentado nunca.

En aquel momento no había entendido la intensidad de su reacción, y seguía sin entenderlo. Había algo en el suave roce de sus labios, en la manera en que lo había tocado y mirado que lo llevó a un nivel superior de excitación. La había tomado entre sus brazos y llevado a la cama, y antes de que la piel de ella se secara la había acariciado hasta llevarla al orgasmo, retrasando el suyo propio para disfrutar del erótico espectáculo de presenciarlo.

Capítulo 6

NO ESTABA dispuesta a pensar en Gabriel y mucho menos a analizar el turbador episodio de la playa, se dijo Sasha a sí misma. Pero no pudo evitar preguntarse por qué le tenía tanto miedo a llamar a un beso por su nombre y referirse a él con el término «episodio».

Así que Gabriel la había besado. Eso solo demostraba lo que ella ya sabía: que a pesar de haber intentado olvidarlo cuando lo abandonó él seguía conservando el poder de excitarla.

Soltó el cepillo y miró su propio reflejo en el espejo del dormitorio. Llevaba puestos los pendientes de diamantes que, junto con las sencillas pulseras de plástico que los niños habían elegido y envuelto cuidadosamente las anteriores Navidades, eran lo único que tenían valor para ella. Carlo se los había regalado poco después de enterarse de que iban a tener gemelos. Un regalo de parte de los niños y de su padre, le había dicho con cariño. Ella había intentado protestar, aduciendo que unos pendientes de dos quilates eran demasiado caros, pero Carlo había insistido en que ese tipo de joyas era esenciales para una mujer italiana.

Después, cuando nacieron los gemelos, sanos y fuertes, él le había dicho que regalarle unos pendientes de menos de dos quilates hubiera constituido un insulto a sus hijos.

Sasha meneó la cabeza. No podía quedarse allí sentada perdiendo el tiempo. Tenía una cita importante en

Puerto Cervo antes de comer. En cuanto a Gabriel, una vez en septiembre, con los niños de vuelta en el colegio, ya no tendría que verlo durante meses. Pero todavía quedaban seis semanas, y después de pasar tres días en su compañía ya estaba luchando por vencer el deseo físico que sentía por él. ¿Por él? ¿Cómo sabía que era él el causante de su apetito sexual? Tenía veintiocho años y había vivido en celibato desde que concibió a los gemelos. Una vida célibe como mujer casada. Había habido muchos hombres que le habían dejado meridianamente claro que estaban dispuestos a ayudarla a traicionar sus votos matrimoniales, pero lo cierto era que no había tenido la necesidad. La llama se había apagado para siempre. O por lo menos eso había creído. Que la presencia de Gabriel la hiciera sentir así podría tratarse de una mera coincidencia. Otro hombre podría hacerle sentir exactamente lo mismo. El problema era que no disponía de otro para comprobar esa teoría. Claro que para descubrir si era cierta o no, siempre quedaba la posibilidad de darle a su cuerpo lo que este le pedía y... ¿Y qué? ¿Pedirle a Gabriel que la llevara a la cama? Sí, a él le encantaría eso, puesto que no haría sino confirmar lo que ya pensaba de ella.

Agarró el cepillo pero volvió a dejarlo donde estaba. Sabía, por los agrios comentarios que le había oído cuando estaba con él, que la infancia de Gabriel había sido desgraciada. Le había contado que su madre lo abandonó y cómo lo había tratado su abuelo. Esto le hizo pensar que tenían algo en común, pero no quiso hurgar en su pasado por la simple razón de que a ella no le gustaba recordar el suyo.

Había tenido que luchar por superar su propio pasado antes de reunir la suficiente empatía y conocimiento de sí misma como para preguntarle a Carlo sobre el pasado de Gabriel.

Lo que Carlo le contó la dejó sobrecogida, y aunque la ayudó a entender por qué Gabriel había rechazado el amor que ella le había ofrecido, reconoció que iba a necesitar algo más que el amor de una persona para curar sus heridas emocionales. Tenía que aprender a quererse a sí mismo. Y eso era algo que ni el dinero ni el éxito podían comprar, ni ninguna persona regalar.

Sasha no podía evitar sentir una profunda pena por el niño que Gabriel había sido. Se le llenaron los ojos de lágrimas pensando en el rechazo que había sufrido. Como hijo único que era, había dependido totalmente de su madre. Y esta lo había abandonado a instancias de su padre para poder volver a disfrutar de la vida que tanto echaba de menos. Pero Gabriel ya no era un niño indefenso. Se había convertido en un hombre muy peligroso, y no debía ser tan tonta como para olvidarlo.

–¿Adónde vas?

Sasha se quedó paralizada en las escaleras y se sonrojó al elevar la mirada para ver a Gabriel, que la observaba desde el rellano. No había oído abrirse la puerta de la suite, y ahora se sentía como una niña a la que acabaran de pescar cometiendo alguna travesura.

–¿Por qué quieres saberlo? –fue su respuesta.

Gabriel la miró de arriba abajo. Iba muy arreglada. Sintió que sus músculos se tensaban, una sensación que no le gustó. ¿Por qué diablos le importaba lo que ella hiciera o dejara de hacer? Eran sus hijos los que le preocupaban.

–Si estás pensando en llevarte a los niños...

–No, no voy a hacerlo –lo interrumpió Sasha. Le había pedido a Isabella, la hija de María, que se encargara de ellos. Isabella tenía dos hijas de aproximadamente la misma edad que los gemelos, y Sasha sabía que podía confiarlos a su cuidado.

–No, ya me lo imaginaba –dijo Gabriel–. Y luego vas de madre amantísima.

Sasha sintió que empezaba a enfadarse.

–Aunque no es de tu incumbencia, te diré que tengo que ocuparme de un asunto y que por eso no me llevo a los niños conmigo.

–No te lo hubiera permitido de todas maneras –le dijo Gabriel con soltura–. He organizado una entrevista con un preceptor para esta tarde y, naturalmente, querrá conocerlos personalmente.

Sasha abrió la boca y la cerró enseguida, intentando ordenar sus pensamientos.

–No tienes ningún derecho a prohibirme que lleve a los niños a donde yo quiera –acertó a decir–. Además, no necesitan un preceptor. Están de vacaciones.

Había visto el efecto que la ambición de algunos padres tenía sobre sus hijos. Ella quería que los gemelos tuvieran éxito académico, por supuesto, pero también deseaba que aprovecharan la libertad y la alegría de la infancia.

–Son mis pupilos, y me imagino que sabrás que para cumplir con mis responsabilidades necesito saber más sobre ellos.

–Pues no tienes más que pasar tiempo hablando con ellos y escuchándolos –repuso ella desdeñosa–. Son niños, Gabriel, y no una de esas empresas que compras. No vas a entenderlos mejor por leer un informe que haya escrito alguien, como si se tratara de un balance. ¿Qué vas a hacer si el informe dice que no son lo suficientemente listos como para que obtengas un beneficio de tu inversión? ¿Pasárselos a otro?

–No seas ridícula. Tú siempre tan melodramática.

–¡Melodramática! ¡Estás hablando de mis hijos! –le recordó Sasha alterada–. No de...

Sasha negó con la cabeza. ¿Qué sentido tenía discutir con Gabriel? No podía describirle sus sentimientos con palabras, puesto que Gabriel era incapaz de sentir nada.

–No puedes comportarte así, Gabriel –le dijo con firmeza–. No te lo permitiré. Además, ¿qué hay de los niños? ¿Cómo crees que se lo van a tomar?

–Haces que parezca que los voy a torturar, cuando lo cierto es que tú ya los has sometido a algo parecido.

–¿Qué?

–Han hecho el examen de selección para el colegio, ¿no?

Sasha se mordió el labio inferior. Sí, lo habían hecho, y con esa seguridad en sí mismos típicamente masculina habían presumido luego ante ella de lo bien que les había salido.

–El profesor Fennini es un experto en educación altamente preparado y con muchos años de experiencia.

Sasha le dirigió una mirada virulenta.

–Dijiste que ibas a entrevistar a un posible preceptor –le dijo secamente.

–Si es necesario, será el preceptor de los niños, pero naturalmente quiero que los examine primero.

–Ya estás con lo mismo otra vez –se indignó ella–. Son niños, Gabriel. Ni-ños. Ya sé que tú no tuviste una infancia feliz pero...

–Por eso precisamente quiero asegurarme de que mis herederos reciben la formación necesaria.

Sasha tuvo que agarrarse al pasamanos para no perder el equilibrio. Su corazón estaba palpitando con fuerza.

–¿Tus herederos? –balbuceó–. ¿Qué... qué quieres decir?

–¿No está claro? Lo que quiero decir es que como hijos de Carlo son mis herederos naturales, y me gustaría saber si cuando sean mayores van a estar lo suficientemente preparados para asumir esa responsabilidad.

El alivio que sintió la dejó tan extenuada como el terror que la había invadido antes.

–Así que estaba en lo cierto. Pues que sepas que ni tú ni él vais a someter a mis hijos a ningún test psicológico. ¿Se te ha pasado por la cabeza pensar que a lo mejor los niños no quieren tener nada que ver con tus negocios, Gabriel? Nada te impide tener tus propios hijos, ¿sabes?

–Lo sé, y había pensado hacerlo, pero creo que como los hijos de Carlo ya están aquí y están emparentados conmigo, lo lógico es que sean mis herederos. En cuanto a lo del test psicológico, creo que tienes una imaginación bastante calenturienta. El profesor se va a limitar a charlar con ellos un rato, y luego yo me entrevistaré con él. Y quiero que tengas una cosa muy clara: mis pupilos no van a ir internos a un colegio.

Gabriel la estaba sacando de quicio. Pero no tenía ninguna obligación de justificar sus decisiones ante él, y desde luego, no iba a pedirle su comprensión y su apoyo. Consiguió controlar su instinto de autodefensa y preguntó:

–¿Y cuándo se supone que llega el profesor?

–Después de comer. Y, aunque no lo creas, su opinión va a beneficiar a los niños tanto como a mí.

–Estaré de vuelta para entonces. No consentiré que les haga una sola pregunta sin estar yo delante –le advirtió ferozmente.

Necesitaba desesperadamente tiempo para pensar. Tenía náuseas y se sentía un poco mareada. Sin decir nada más, bajó corriendo las escaleras y salió al jardín, donde Sam y Nico estaban ocupadísimos enseñándoles a las nietas de María lo bien que hacían el pino.

–¡Menudo par! –reía la hija de María, mirándolos con cariño.

Desde luego, pensó Sasha, antes de darle las gracias por ocuparse de ellos y dirigirse al aparcamiento a recoger el pequeño y práctico coche que Carlo le había comprado.

No tardaría mucho en llegar a Puerto Cervo, la elegante zona de la Costa Esmeralda, con su precioso puerto y sus hoteles exclusivos. Deseó estar vestida adecuadamente para la ocasión. En esta época del año Puerto Cervo estaría lleno de yates caros y de elegantes mujeres, inmaculadamente vestidas con ropa de diseño, de compras por las exclusivas boutiques. El asunto que tenía entre manos requería que pareciera que todavía pertenecía a ese mundo.

Gabriel frunció el ceño al verla irse desde la ventana del piso de arriba. Llevaba un vestido de lino de color marrón, parecido al que tenía puesto el día que él llegó. Se había adornado con una pulsera de oro que refulgía en su muñeca y protegido los ojos con unas gafas de sol grandes y oscuras de montura de carey. Mientras se sentaba en el asiento del conductor del coche, pudo ver el brillo de color rosa natural de las uñas de los pies, que resaltaba la delicadeza de esa parte de su cuerpo.

A Gabriel le pareció oler su cálido aroma, que invadía sutilmente la casa entera: las habitaciones por las que ella pasaba y, aquella mañana, el cabello de los niños, como si se hubiera inclinado a besar sus cabezas. Esa fragancia flotaba en todas partes, menos en las habitaciones que él había reclamado como propias.

Solo existía un sitio al que ir así de arreglada. Y un único motivo. El gesto de su boca se endureció. Podía entregarse a cuantos hombres quisiera, pero antes tenía que pagarle la deuda que le debía.

Sasha aparcó el coche y, tras caminar por elegantes calles, llegó a su destino. Dudó un instante antes de pulsar el timbre.

El propietario de la tienda salió a recibirla en persona, y la condujo a su despacho privado.

–¿Le apetece un café? –preguntó.

Sasha negó con la cabeza y abrió el bolso.

Le había explicado el propósito de su visita por teléfono para ahorrarse una situación potencialmente embarazosa. De la ausencia de sorpresa por parte de él dedujo que debía de estar enterado de los problemas financieros de Carlo.

Colocó la bolsa encima de la mesa, extrajo los estuches que había colocado cuidadosamente en su interior y empezó a abrirlos uno a uno: el collar de diamantes y esmeraldas con los pendientes a juego que Carlo le había regalado por su primer aniversario de boda; el anillo de diamantes de Cartier que Sasha sabía había costado más de un cuarto de millón de euros; el enorme solitario de su anillo de pedida; el anillo de oro rodeado de diamantes blancos que le había regalado las últimas Navidades. Finalmente, se llevó las manos a los pendientes de diamantes y, por primera vez, sus dedos temblaron.

–¿Cuánto me podría dar por todo esto? –le preguntó al joyero en voz baja.

El tomó una lupa y empezó a estudiar detenidamente cada joya. No habló durante media hora y, cuando al fin lo hizo, la cantidad que dijo estar dispuesto a darle la hizo suspirar de alivio.

Sabía que Carlo había pagado mucho más por ellas, pero en cualquier caso, era suficiente para comprar una casa y, si tenía cuidado, para pagar el colegio de los niños. A estos les gustaba su escuela y ella no quería cambiarlos si podía evitarlo.

Abrió los ojos sorprendida cuando vio que el joyero le devolvía los pendientes.

–He hecho el cálculo sin contar con estos –le dijo con suavidad–. Debería quedárselos. Estoy seguro de que es lo que hubiera deseado su difunto marido.

Sasha se mordió el labio para detener el temblor. Estaba tan emocionada que tardó varios segundos en volver a ponerse los pendientes.

Diez minutos más tarde dejaba la joyería y se encaminaba decididamente hacia el banco con el cheque por la venta de sus joyas en el bolso.

Carlo había sido muy generoso, pero a la antigua. Sasha nunca tuvo dinero de verdad, ya que Carlo lo consideraba innecesario. Tenía una mensualidad y disponía de una tarjeta de crédito, cuyas facturas le llegaban directamente a él, pero eso era todo. Le parecía raro depositar una cantidad de dinero tan grande en su propia cuenta. Era raro y liberador al mismo tiempo. Ahora, los niños y ella no iban a depender de Gabriel. Si quería, podía reservar asientos para el primer vuelo de vuelta a Londres. Pero a los niños no les agradaría terminar las vacaciones tan pronto, así que estaba dispuesta a tolerar la compañía de Gabriel, y su caridad, durante unas semanas más.

Pero en el momento en que los niños volvieran a la escuela...

Lo tenía todo planeado. Primero alquilaría una casa cerca del colegio para poder llevar a los niños por la mañana y recogerlos por la tarde. Y esperaba encontrar un empleo pronto. Luego buscaría una casa pequeña para comprar. No serían ricos, pero se las arreglarían. Y sus hijos serían felices, ya se aseguraría ella de que lo fueran. Era hora de volver a la casa. Y a Gabriel. Cerró los ojos e hizo acopio de fuerzas. Nunca había imaginado que sus caminos se volverían a cruzar. Gabriel y Carlo eran familia pero apenas se veían, y ella le había dejado claro a Carlo que no quería tener ningún contacto con Gabriel. Nunca se hubiera podido imaginar, ni siquiera en sus peores pesadillas, que cuando lo viera iba a sentir lo que sentía ahora. Tuvo la tentación de hacer lo que él creía que estaba haciendo ya y encontrar un amante, cualquiera serviría, para probarse a sí misma que eran los años que había pasado sin relaciones sexuales, combinados con su presencia, lo que hacía que pasara las noches en blanco deseándolo. No a Gabriel precisamente. Su experiencia sexual era limitada. Quizá su cuerpo recordaba más placer del que realmente había experimentado. Y si pudiera demostrarle eso a su cuerpo, a lo mejor este dejaba de atormentarla así. Quizá debería intentar demostrar esa teoría. Sasha se detuvo en seco. Eso sería una locura. Y muy peligrosa.

Capítulo 7

SUS HIJOS tienen suerte de tenerla como madre –le dijo el profesor Fennini a Sasha con una cálida sonrisa.

Había llegado a primera hora de la tarde, justo después del almuerzo que tomó tras volver de Puerto Cervo. Y, a pesar de que había estado predispuesta en su contra, tuvo que admitir que se la había ganado completamente, y no porque alabara su labor como madre. A los niños también les había caído bien y Sasha admitió que tenía muchas tablas a la hora de tratar con niños y enseñarles. Había pasado la mayor parte de la tarde participando en sus actividades, en lugar de limitarse a observarlos. Sus preguntas habían sido tan sutiles que la ansiedad propia de una madre, que Sasha había sentido, se desvaneció rápidamente.

–Creo que las vacaciones escolares son para descansar. No quiero presionarlos a hacer todo tipo de actividades. Quiero que aprendan por sí mismos y que disfruten de la vida.

–Eso se trasluce de la manera en que se relaciona con ellos –le dijo el profesor con otra sonrisa de aprobación–. Y espero haberla tranquilizado respecto al trimestre que tuvieron que estar internos en el colegio.

Sasha había sentido un gran alivio tras tratar el asunto con él en privado, sobre todo cuando él le aseguró que, después de hablar con ellos, estaba claro que los niños habían disfrutado bastante con la novedad de estar internos en el colegio y que no habían sufrido por ello.

Pero ella no quería que Gabriel notara su vulnerabilidad. De todas maneras, con Gabriel delante, no podía darle a entender al profesor que prefería que cambiara de tema.

–Gabriel me ha expresado su preocupación en lo que respecta a este tema –explicó el profesor–. Es perfectamente comprensible que los dos hayan sacado este asunto a colación conmigo, pero le aseguro que en vista de que el padre estaba muriendo y de que usted estaba intentando conseguir la mejor atención médica, no le quedaba otra alternativa. He oído hablar del médico al que fue a visitar en Nueva York. Ha obtenido resultados magníficos en el tratamiento del cáncer.

–Lo sé. Y yo esperaba que... Pero, como me explicó, la enfermedad de Carlo estaba demasiado avanzada y no pudieron hacer nada. Pensándolo bien, quizá hubiera sido mejor que me quedara con él.

–Hizo lo que creyó más conveniente –la tranquilizó el profesor–. En cuanto a los niños, es mejor que estuvieran con sus amigos en un entorno seguro y emocionalmente estable en lugar de presenciar el trauma de lo que estaba pasando en casa. Me imagino que hubo muchos momentos en los que hubiera deseado tenerlos con usted reconfortándola –añadió en un tono dulce.

A Sasha le costó reprimir las lágrimas que amenazaban con asomar a sus ojos. Era la primera vez que una persona comprendía lo mucho que había necesitado a alguien en quien apoyarse cuando Carlo estaba muriendo.

–Sí, los hubo –admitió en un tono grave–. Pero no quería convertirlos en mi paño de lágrimas.

–No la veo como el tipo de madre que le haría eso a sus hijos –le dijo cálidamente–. Es obvio lo equilibrados y felices que son. Le comentaba antes a Gabriel que, ya que él desea fomentar el interés de los niños en la política y los negocios internacionales, sería una buena idea aprovechar el interés natural que muestran por el entorno y la historia, y que usted ha fomentado en ellos.

Era un hombre alto, de maneras elegantes y ligeramente encorvado, y a Sasha le resultaba imposible no responder positivamente a su calidez y entusiasmo.

Los niños estaban fuera jugando. Sasha los observaba desde la ventana de la habitación que Gabriel había convertido en despacho, mientras esperaba a que el profesor terminara su café y les comunicara sus observaciones.

A juzgar por los ruidos que hacían, los niños estaban jugando a algo que guardaba relación con carreras de coches.

No vio cómo Gabriel se acercaba a ella para mirar por la ventana a los niños, pero sintió su presencia inmediatamente. Deseaba poder apartarse de él pero estaba demasiado cerca de la ventana. Y él estaba demasiado próximo a ella.

–Creo que están entrenándose para la Fórmula Uno –el tono del profesor era grave, pero cuando Sasha lo miró descubrió que le brillaban los ojos–. Me han contado que Nico es el mecánico y Sam el piloto.

–Más le vale a Ferrari no dormirse en los laureles –dijo Gabriel secamente.

–Está bien que les haya permitido conservar la proximidad derivada del hecho de ser gemelos y al mismo tiempo haya fomentado que cada uno desarrolle sus propias habilidades –le dijo el profesor.

–Nico es el que piensa, y Sam el que actúa –señaló Gabriel abruptamente.

Sasha se le quedó mirando, incapaz de ocultar la sorpresa que le causaba que Gabriel fuera capaz de describir las personalidades de los chiquillos con tanta precisión teniendo en cuenta que los acababa de conocer. Le incomodaba más de lo que estaba dispuesta a admitir que pudiera distinguirlos físicamente, pero esto...

Gabriel percibió la mirada sorprendida de Sasha.

–¿Ocurre algo? –le preguntó lacónicamente.

–Has captado las diferencias entre Sam y Nico muy rápidamente –admitió a regañadientes.

Gabriel se encogió de hombros, como quitándole importancia al asunto. Él mismo no acababa de comprender por qué le resultaba tan fácil distinguirlos, ni por qué sabía que había que comunicarse con ellos de manera diferente. Lo que sí sabía, sin embargo, era que de alguna manera esos niños lo habían calado hondo, haciéndole sentir algo desconocido para él. Siempre le había funcionado muy bien el instinto a la hora de juzgar a las personas, y había sido capaz de analizarlas manteniendo las distancias. ¿Como había hecho con Sasha? Lo que había dicho el profesor respecto a los motivos que la llevaron a meter a los niños internos habían sido lo suficientemente razonable como para tenerlo en cuenta. Y nadie podía fingir la emoción que ella había intentado contener. No le quedó más remedio que admitir la posibilidad de que quizá había visto las cosas desde el punto de vista que más le convenía a él. En ese momento, su conciencia le estaba pidiendo que contestara con honradez a algunas preguntas difíciles. Tenía que reconocer que Sasha era una buena madre, ¿o no?

No, no iba a reconocer nada, se dijo a sí mismo con dureza. Sintió el antiguo dolor que acompañaba siempre al recuerdo de Sasha. Por el rabillo del ojo vio cómo el profesor se acercaba a ella al hablar, e inmediatamente Gabriel se aproximó también.

Sasha se puso tensa. ¿Qué pensaba que iba a hacer? ¿Decirle al profesor Fennini que no iba a permitir que los niños tuvieran un preceptor? Al contrario que Gabriel, ella era lo suficientemente flexible como para cambiar de parecer. Como había dicho el profesor, los niños se encontraban en una edad en la que eran como esponjas, con la capacidad de absorber información y de aprender nuevas habilidades, siempre que se las presentaran adecuadamente. Podía ver al profesor haciendo una buena labor. Y ella estaría allí, vigilante, y podría intervenir siempre que lo creyera necesario.

–Tengo una especial curiosidad por los cuadernos de vida de los niños –dijo el profesor–. Es un concepto que, según he podido comprobar, ha dado buenos resultados en el tratamiento de niños con problemas, pero tengo que reconocer que nunca se me había ocurrido utilizarlo para tomar nota de una infancia feliz.

Sasha se encogió de hombros. No iba a contarle al profesor su propia niñez o explicarle que aprendió a hacer cuadernos de vida durante su terapia.

–Yo quería, en un principio, animar a los niños a que escribieran un diario –explicó–. Y eso dio lugar a los cuadernos de vida, que son más interactivos y les divierten más. Decidimos que contarían con secciones privadas, donde podrían verter sus pensamientos íntimos, y secciones abiertas en las que escribirían sobre lo que hacemos juntos.

Gabriel escuchaba en silencio. Los elogios del profesor Fennini a la labor de Sasha como madre no hacían sino confirmar lo que él ya había visto por sí mismo. ¿Por qué le estaba costando tanto abandonar la creencia, preconcebida y ahora insostenible, de que Sasha no era una buena madre? ¿Era, quizá, porque quería formar parte de la vida de los gemelos? ¿Y de la de Sasha, la mujer que lo había abandonado? Un temor antiguo se agitó en lo más profundo de su ser. ¿Sería posible que la culpa de que Sasha lo abandonara la hubiera tenido él y no ella?

Una vez puesta al descubierto esa duda soterrada, Gabriel no podía desoírla. Cuando, un rato después, el profesor estrechó su mano y le dijo con entusiasmo que esperaba poder empezar a trabajar con los niños la semana siguiente, y Sasha le dejó claro que tenía la intención de pasar el resto del día con sus hijos, Gabriel volvió a hacerse las mismas preguntas una y otra vez, como un hombre al que le duele una herida y se la hurga aunque esto le produzca más dolor.

Seguía comparando su propia infancia con la de los gemelos, no en lo referente a las comodidades, sino al amor recibido. Afloraron a su mente recuerdos que nunca se había permitido evocar: imágenes de cuando era niño, tendiendo los brazos hacia su madre adoptiva y retrocediendo, afligido y desconcertado, ante los golpes e insultos de ella. Le pareció oír a su abuelo quejándose amargamente de tenerlo como único heredero. Su abuelo nunca había ocultado su resentimiento, pensó Gabriel.

–Primo Gabriel... –le estaba diciendo Sam en tono zalamero–. Nico y yo estábamos pensando que si mamá te pregunta lo que queremos por nuestro cumpleaños, que es la semana que viene, podrías decirle que necesitamos unas bicis buenas, de mayores.

Gabriel tardó unos segundos en asimilar lo que Sam le estaba diciendo.

–¿Es vuestro cumpleaños la semana que viene? –preguntó–. Hizo un cálculo mental rápido. La semana que viene... Eso significaba que Sasha había concebido a los gemelos en la época en la que vivían juntos. Lo cual quería decir que lo había traicionado con Carlo cuando todavía eran amantes. Sintió que le hervía la sangre de indignación.

Sam asintió con la cabeza entusiasmado, ajeno al efecto que habían provocado sus palabras.

–Vamos a cumplir diez años –le dijo con orgullo.

–Mamá dice que no podemos tener bicis buenas hasta que no tengamos once –le recordó Nico a su hermano.

Gabriel tenía que hablar con Sasha, y necesitaba hacerlo ya. Dejó a los niños y se dirigió al piso de abajo. La encontró en el cuarto de estar, mirando el material que había dejado el profesor Fennini.

–Tengo que hablar contigo –le dijo con gravedad.

Sasha estuvo a punto de decirle que ella no quería hablar con él, pero él ya la había agarrado del brazo y se la estaba llevando a su suite por la fuerza.

–¿Qué haces, Gabriel? –protestó–. No me puedes tratar como si te perteneciera. No lo pienso permitir. ¿Dónde están los niños?

–Los niños están bien –hizo una pausa y tomó aliento antes de anunciar–: Sam me acaba de decir que su cumpleaños es la semana que viene.

Sasha sintió que un sudor frío se apoderaba de ella. Hubiera dado cualquier cosa por negarlo pero no pudo hacerlo.

–Sí, es cierto –afirmó.

–Así que los concebiste en diciembre.

Se le puso el corazón en la garganta, haciendo que casi se atragantara de pánico.

–Hubo... hubo complicaciones, y... y di a luz antes de lo previsto –dijo ella, eludiendo su pregunta.

–¿Con cuánta antelación? ¿No me irás a decir que tres meses? –sugirió, sarcástico.

Sasha sintió que le empezaban a arder las mejillas.

–Los concebiste cuando todavía estabas conmigo, ¿verdad? –preguntó Gabriel lentamente.

No había escapatoria. Sasha había temido durante tanto tiempo ese momento, que en cierto modo se alegraba de que por fin hubiera llegado.

–¡Contéstame, maldita sea! Los concebiste cuando todavía estabas conmigo, ¿sí o no? –repitió Gabriel, iracundo, zarandeándola.

Sasha conocía la despreciativa frialdad de sus enfados, pero nunca lo había visto poseído por una furia tal. Se sintió vulnerable e indefensa, pero sabía que no podía ocultarle la verdad por más tiempo.

–Sí –admitió, agachando la cabeza y esperando a que llegara la inevitable acusación. Carlo le había advertido que esto podría ocurrir, pero ella había insistido en que nunca lo permitiría, que mantendría la mayor distancia posible con Gabriel para asegurarse de que no ocurriera. E, ingenuamente, había empezado a sentirse segura, y a creer que Gabriel nunca se daría cuenta del engaño.

–Veías a Carlo a mis espaldas. Te acostabas con él cuando todavía dormías en mi cama; te entregabas a él cuando yo creía que eras mía. ¡Seguías diciendo que me amabas cuando te habías quedado embarazada de él! –Gabriel no podía contener la ferocidad de sus sentimientos. Que ella lo hubiera abandonado había sido terrible, pero descubrir esa nueva traición era más de lo que podía soportar.

Sasha lo miró con estupor.

–No me mires así, como si no entendieras lo que estoy diciendo –dijo Gabriel con rabia–. Sabes perfectamente de lo que estoy hablando. Te quedaste embarazada de Carlo cuando todavía te acostabas conmigo. ¿Cuánto tiempo duró? ¿Durante cuánto tiempo estuviste acostándote con él mientras yo creía que...?

–¡No fue así! –protestó Sasha débilmente.

–Estás mintiendo. Por supuesto que fue así –Gabriel se frotó los ojos con la mano, como si le resultara físicamente repulsivo mirarla–. ¿No pensaste en el riesgo que corrías, manteniendo relaciones sexuales sin protección con él?

–No estaba planeado. ¡Fue un accidente... un error!

–Y que lo digas. ¿Sabía Carlo que tú me decías que me querías cuando ya llevabas dentro a sus bastardos?

Sasha levantó la mano, pero Gabriel la atrapó a tiempo.

–¿Por qué me decías que me querías? Mejor, déjame adivinarlo

–¿Por qué no? Pareces decidido a adivinarlo todo –le dijo Sasha duramente.

–Restarle nueve meses a un año no es una labor de adivino –repuso él sin andarse con rodeos–. Me imagino que no quisiste abandonarme hasta no estar segura de Carlo. Claro que él no debió de pensárselo dos veces. Un hombre mayor, sin hijos, sin herederos. Y ahí estabas tú, ofreciéndole no uno, sino dos.

–Yo no sabía que eran gemelos en aquel momento...

–Mamá, ha llegado María...

Sasha se desasió rápidamente del brazo de Gabriel al oír la voz de Sam fuera de la habitación.

Sasha miró hacia la ventana, y vio cómo la luz de la luna se esparcía por la oscuridad de su habitación. El corazón le latía con fuerza y sentía la humedad de las lágrimas corriéndole por el rostro. Había estado soñando con Gabriel con tanta intensidad que, aun despierta, todavía sentía su presencia junto a ella.

Sus nervios no podían aguantar más situaciones como aquella. Cuando Gabriel se encaró con ella para plantearle lo del cumpleaños de los gemelos, pensó que...

Durante los dos primeros años de su matrimonio Carlo y ella habían vivido tranquilamente en el apartamento que este tenía en Nueva York. No habían anunciado públicamente el nacimiento de los niños. La familia Calbrini, aunque extensa, no estaba muy unida, y nadie se había interesado nunca por saber la fecha exacta del nacimiento.

Hasta ahora.

Estaba completamente despierta, y no dejaba de darle vueltas al pasado. Gabriel y ella estaban pasando unas semanas en la isla caribeña de Santa Lucía, disfrutado del sol a bordo del yate de Gabriel cuando llegó Carlo para visitar un hotel que estaba pensando adquirir. Se encontraron por casualidad en un restaurante cercano al puerto y Gabriel le presentó a su primo segundo. Sasha percibió inmediatamente la autenticidad y amabilidad de aquel hombre mayor. Gabriel y ella llevaban más de un año juntos y le frustraba comprobar que, aunque Gabriel era el amante perfecto desde el punto de vista sexual, emocionalmente seguía manteniendo las distancias.

–¿Por qué nunca me dices que me quieres? –recordó haberle preguntado las primeras Navidades que pasaron juntos. Estaban en París. Gabriel se había gastado una cantidad exorbitante de dinero en comprarle ropa de marca y lencería cara y muy provocativa.

–Porque no te quiero –había contestado él tranquilamente.

Estaban en la cama de la suite de George V. Sasha todavía recordaba el nudo de dolor que se le hizo en la garganta.

–Pero debes quererme –había protestado ella, desesperada–. Debes quererme, Gabriel, tienes que quererme.

Se había echado a llorar pero, en lugar de consolarla, Gabriel se había limitado a apartar las sábanas y a levantarse de la cama.

–No se me dan bien las escenas sentimentales, Sasha –le había dicho con frialdad–. No te quiero porque no creo que el amor exista. Da las gracias por lo que tenemos, porque te aseguro que hay muchas mujeres que se cambiarían por ti sin dudarlo.

Se vistió y, antes de dejar la habitación, le dijo:

–Voy a salir. Espero que cuando vuelva no sigas diciendo estupideces.

Ella no entendía cómo se podía ser tan brutal. Habían estado juntos durante meses, y ella había creído ingenuamente que algún día le diría que la amaba. Al fin y al cabo, él sabía que ella lo quería. Se lo había dicho muchas veces. Él, por su parte, no se cansaba nunca de hacerle el amor, se gastaba el dinero en ella y pasaba mucho tiempo en su compañía. Para Sasha todo esto no era sino una prueba del vínculo sentimental que ella ansiaba tener. En cuestión de media hora había dejado de llorar y se había convencido de que él había dicho esas cosas sin querer y que simplemente, como hombre que era, se mostraba reacio a reconocer sus sentimientos.

Esas eran las conclusiones a las que había llegado en París, y era lo que seguía creyendo meses más tarde en el Caribe. La amaba; de eso estaba convencida. Si no, ¿por qué seguía haciendo el amor con ella? Y no tenía ninguna duda a este respecto: a él le encantaba acostarse con ella. No solo no se cansaba de ella sexualmente, sino que daba la sensación de que siempre quería más. Muchas veces se despertaba por la mañana retorciéndose somnolienta de placer al sentir sus manos sobre su cuerpo, y por la noche se dormía tarde, sintiendo que su cuerpo flotaba de satisfacción.

La rutina a bordo del yate era simple. Generalmente, Gabriel trabajaba por las mañanas y, por la tarde, cuando apretaba el sol perezoso del Caribe, hacían el amor, y no siempre en la cama.

Gabriel era un amante imaginativo al que le gustaban los juegos eróticos y sensuales.

Sasha no recordaba la primera vez que había estado a solas con Carlo. Debía de haber sido durante una de esas mañanas en las que abandonaba el yate para vagar sola por las exclusivas tiendas del puerto caribeño.

Lo que no olvidaba, sin embargo, fue lo rápidamente que adquirió la costumbre de quedar con Carlo para tomar café por las mañanas, y lo halagada que se había sentido el día en que la invitó a ver el hotel que estaba planeando adquirir. No tardó en confiarle lo que sentía por Gabriel y fue entonces cuando Carlo le contó lo desgraciada que había sido la niñez de aquel.

–Eso nos unirá aún más –había pensado ella, con una mezcla de compasión y alivio–. Yo también lo pasé muy mal durante mi infancia. Pobre Gabriel.

Recordó cómo Carlo había tratado de explicarle que el trauma infantil de Gabriel no le había afectado de la misma manera en que su propia niñez la había marcado a ella, pero no quiso escucharlo porque no era lo que quería oír. Seguía pensando que él la amaba.

De hecho, había compartido su convencimiento con el mismo Gabriel la víspera de su décimo octavo cumpleaños. Llevaba varias semanas soltando indirectas sobre el gran día cuando Gabriel, acariciándole el estómago tras haber hecho el amor apasionadamente, le había preguntado:

–Venga, dímelo. Llevas mucho tiempo insinuando que va a ser tu cumpleaños. ¿Qué quieres que te regale?

Ella se había imaginado la misma escena unos años más tarde: el sol iluminando los lujosos muebles de la cabina, la enorme cama deshecha, el musculoso y bronceado cuerpo de Gabriel que, desnudo, la miraba con un deseo incontenible. Gabriel se acercó a ella y atrapó su pezón entre los dedos índice y pulgar y jugueteó con él con una pericia que la hizo suspirar de placer.

–Te deseo –le había dicho ella, emocionada–. Te deseo y te amo, Gabriel, y quiero que estemos juntos siempre. Y...

Antes de que pudiera pronunciar otra palabra él la había soltado y se había levantado de la cama visiblemente enfadado.

–¿A qué estás jugando, Sasha? –le había preguntado.

–No sé a qué te refieres –le había contestado ella con sinceridad–. No es un juego, Gabriel. Yo te amo. Y ahora que Carlo me ha contado lo que te pasó cuando eras niño, me siento más cerca de ti...

Gabriel no la había dejado proseguir. Se inclinó sobre la cama y la incorporó bruscamente.

–¿Más cerca? ¿Pero de qué estás hablando, Sasha? Yo solo me siento más cerca de ti, como dices, cuando me acuesto contigo. Todas esas tonterías sobre el amor no van conmigo, y lo sabes. O, por lo menos, deberías saberlo a estas alturas.

Ella nunca lo había visto tan enfadado, y empezó a temblar al ver que su ingenua fantasía se hacía mil pedazos. Pero no pudo evitar seguir rogándole.

–Sé que no lo estás diciendo en serio. Tienes que quererme, Gabriel, estoy segura –le había dicho ella agarrándose a él desesperada mientras él la apartaba violentamente–. Dime que me quieres, Gabriel...

–No tengo por qué hacerlo, Sasha. Tu deber es darme placer. Es lo que hay: tú me lo das y yo te pago a cambio. Mira, acostarse contigo es fantástico y sé que no soy el primer hombre que te lo dice. Tú y yo nos lo pasamos muy bien juntos, y podemos seguir haciéndolo. Pero no quiero volver a oír otra palabra sobre el amor.

Algo dentro de ella se había marchitado al oír esas palabras pero, testaruda, decidió ignorarlas.

–Pero algún día querrás casarte, y tener hijos. Podríamos tener unos hijos preciosos, Gabriel.

–Eso es lo último que quiero y, en cualquier caso, nunca los tendría con una mujer como tú.

Él se había ido, dejándola tendida en la cama, aturdida y asustada.

Aquella noche salieron a cenar, pero ella todavía estaba confundida. Apenas comió, pero abrió y agradeció diligentemente su regalo. Cuando salieron del restaurante él la asió en la oscuridad de la calle, le bajó los tirantes del vestido para poder moldear sus pechos con las manos y los acarició impaciente mientras la besaba furiosamente. Pero ella no fue capaz de sentir nada. Lo que había pasado la había dejado entumecida.

Cuando volvieron al yate, prácticamente le había arrancado la ropa en su prisa por poseerla. Nada más entrar en la cabina la había empujado contra la puerta y bajado el vestido mientras apretaba su boca contra su cuerpo desnudo.

La poseyó con rapidez, no sin antes haber colocado un condón sobre el miembro erecto con el que la penetró profundamente llegando al clímax casi de inmediato.

–Disfruta de lo que tenemos, Sasha –le había dicho respirando entrecortadamente– porque es lo que pienso hacer yo. El sexo es todo lo que tenemos, y todo lo que tendremos nunca. Sexo, no amor. Pero sabes bien que yo no puedo vivir sin él, y tú tampoco puedes vivir sin mí.

Su voz había sonado triunfal. En silencio, Sasha se puso de pie. Sabía lo que tenía que hacer.

Eran las tres de la mañana cuando se había presentado en el hotel en el que se hospedaba Carlo. Al principio, la recepcionista se había mostrado reacia a llamarlo por teléfono, pero finalmente cedió.

–Dice que subas –se dirigió a Sasha de mala gana.

Era obvio que lo había sacado de la cama. Le había abierto la puerta vestido con una bata de seda con monograma que traicionaba su verdadera edad. El contraste entre él y Gabriel no podía haber sido más cruel. Gabriel dormía desnudo, como los hombres que se encuentran en su punto álgido de potencia sexual. Allí, bajo la agresiva luz directa que enfocaba a Carlo, Sasha se había dado cuenta de lo viejo que era. Más de lo que pensaba.

–He dejado a Gabriel –le había dicho deshaciéndose en un mar de lágrimas.

Carlo la había llevado hacia una silla y la había convencido de que se sentara. Luego, tranquilo y compasivo, le había preguntado suavemente:

–Estás embarazada, ¿verdad?

Capítulo 8

SASHA apartó las sábanas y se levantó de la cama. Sabía que no iba a poder volver a conciliar el sueño. Aunque las cortinas estaban corridas podía ver el pálido destello del amanecer.

Eran las cinco de la mañana y debería estar dormida, y no allí de pie, vestida con uno de los recatados camisones que la maternidad le había enseñado a llevar y reviviendo un dolor que llevaba diez años destrozándola por dentro.

Cuando Carlo averiguó su secreto, ella perdió completamente el control de sí misma.

–Quería que me dijera que me amaba, pero él no estaba dispuesto a hacerlo –sollozó–. Lo único que quiere de mí es sexo. No le importo en absoluto.

La fantasía romántica con final feliz que había imaginado se había roto en mil pedazos. Y, aunque no se atrevió a confesarle eso a Carlo, un hombre tan mayor que podría haber sido su abuelo, aquella noche había sido la primera en que, en lugar de desear a Gabriel al sentirse tocada por él, había sentido desesperación. Él no la quería, ni la querría nunca. Pero ella se había agarrado obstinadamente a su propia necesidad.

–¿Crees que cambiará de opinión? –le había preguntado ella sollozos–. Quizá podrías hablar tú con él...

–¿Quieres que le diga que esperas un bebé? –le había preguntado y, a continuación, añadió–: Ten en cuenta, Sasha, que a lo mejor no reacciona como a ti te gustaría. A lo mejor insiste en que no quiere al niño y te obliga a...

Fue en ese preciso instante cuando dio su primer vacilante paso hacia la madurez, recordó Sasha. En cuestión de segundos, había colocado su mano sobre su vientre, todavía plano, en un gesto protector y, dejando a un lado su propia necesidad, había reconocido lo que había de verdad en lo que Carlo le acababa de decir.

–No –dijo negando con la cabeza–. Gabriel no debe enterarse nunca.

Carlo se portó maravillosamente. Se encargó de todo: alquiló un avión privado, se casó con ella antes de que pudiera rehusar e insistió en que era lo mejor para todos. Al fin y al cabo, lo unía al bebé un lazo sanguíneo y no tenía hijos propios. Era un hombre rico al que le hubiera encantado ser padre, y su matrimonio sería una mera formalidad, ya que no vivirían como esposos.

Ella no podía ser la amante de Gabriel y la madre de su hijo, se decía ella siempre que notaba que la abandonaba el valor. Y nunca permitiría que la infancia de su hijo fuera tan desgraciada como la suya. Ese bebé iba a recibir todo el amor que ella fuera capaz de darle; todo el amor que su padre había rechazado.

Afortunadamente para los gemelos, el experto médico de Nueva York que Carlo había insistido en contratar a pesar de que había costado una fortuna, había sido lo suficientemente sabio como para darse cuenta de que Sasha tenía un problema. La orientación psicológica que recibió antes y después del parto le hizo comprender que un amor inadecuado podía hacerle tanto daño a un niño como la falta de afecto. Y eso, según Sasha, había sido el mejor regalo que Carlo les había hecho nunca a ella y a sus hijos.

Cuando los gemelos empezaron a dar sus primeros

pasos ella también aprendió a caminar sola emocionalmente. Los niños y ella estaban aprendiendo y creciendo juntos. Su amor por ellos la había curado.

Carlo siempre los había tratado como hijos propios. Así lo había hecho asimismo el resto de la gente: a nadie se le había ocurrido plantearse la posibilidad de que Carlo no fuera el padre. A Gabriel menos que a nadie. Carlo le había contado a Sasha que Gabriel lo consideraba un tonto por haberse casado con ella. Eso había hecho que los dos hombres se distanciaran, para el alivio de Sasha, que no quería a Gabriel en sus vidas porque sabía que no podía fiarse de ella misma estando en su presencia.

Lo último que había esperado que ocurriera cuando Carlo estaba a punto de morir era que mandara llamar a Gabriel y le confiara el futuro de sus hijos. Sentía una mezcla de ansiedad y aprobación al ver la naturalidad con la que Gabriel se relacionaba con los gemelos. Y cuando este se había encarado con ella por lo del cumpleaños pensó que por fin había averiguado la verdad. Sasha había estado en estado permanente de alerta desde que llegaron a Cerdeña, esperando que Gabriel mirara a los niños y se viera reflejado en ellos. Para ella, era una tortura lenta verlo hablar con ellos y comprobar la manera tan inocente en que lo miraban los niños, que estaban dispuestos a quererlo sin ni siquiera saber quién era.

Que él fuera el padre era algo que a Gabriel ni siquiera se le había pasado por la cabeza. El engaño que él creía haber descubierto era tan poco creíble comparado con la simplicidad de la verdad que, de tratarse de otra persona, ella hubiera reído de pura incredulidad. ¿Cómo podía no darse cuenta de que los gemelos eran suyos? ¿Cómo podía creer que ella, o cualquier otra mujer, podría querer dejar su cama, la cama de un hombre en pleno apogeo sexual, para ir a la de un hombre como Carlo, anciano y debilitado sexualmente? Para lo inteligente que era, Gabriel estaba demostrando no ser muy perspicaz. Sí, sabía que Gabriel siempre usaba preservativos para no dejarla embarazada, pero ¿desde cuándo eran aquellos un método anticonceptivo absolutamente infalible? Sobre todo con un hombre tan activo sexualmente como Gabriel lo había sido con ella. ¿No podía ni siquiera preguntarse, sobre todo teniendo en cuenta lo mucho que Sasha lo había amado, que quizá los niños fueran suyos? Obviamente, no.

Y ella sabía el porqué. Por su infancia. Porque no se le había ocurrido pensar que a lo mejor él quería ser el padre de los gemelos.

Sasha no se dio cuenta de que estaba llorando hasta que sintió las lágrimas cayéndole por las manos, que tenía aferradas al marco de la ventana.

Los chicos eran sus herederos, y eso era suficiente para Gabriel. De hecho, no quería que fueran otra cosa. No sentía nada por ellos, de la misma manera que no sentía nada por Sasha. Aunque eso no era del todo cierto, ya que por ella sí sentía algo: rabia, desprecio, amargura y, sobre todo, la necesidad de castigarla por haberlo abandonado.

¿Y qué sentía ella por él? Pensó que no tenía la fuerza suficiente para contestar esa pregunta. Le había empezado a doler la cabeza.

El cielo se estaba aclarando. Sasha abrió los postigos: el aire olía a limpio. Un paseo por la playa la ayudaría a despejarse. Era muy temprano y nadie estaría levantado. Además, la playa era lo suficientemente privada como para poder caminar en camisón que, al fin y al cabo, cubría parte de sus muslos.

Diez minutos más tarde ya estaba en la orilla. Caminar descalza por la arena era un placer deliciosamente elemental e infantil, pensó Sasha. Se detuvo a observar las olas rompiéndose en la orilla que recibía los primeros rayos del sol.

¿Qué le estaba ocurriendo? No merecía la pena intentar dormirse a estas alturas, reconoció Gabriel. Ni tampoco seguir allí tumbado atormentándose con imágenes de Sasha y Carlo. ¿Cómo podía no haberse dado cuenta de lo que Sasha había estado haciendo? ¿Cómo podía no haberlo sentido al tocarla? Él había pensado que tenía una deuda pendiente con ella por haberla abandonado, pero no se había imaginado la enormidad de su traición. Se había quedado embarazada de otro hombre y él no se había enterado. Había estado haciendo el amor con Carlo cuando todavía se acostaba con él, y lo había hecho con tanta habilidad que Gabriel no había sospechado en ningún momento. Lo había tomado por un perfecto idiota, y lo había utilizado mientras esperaba a que Carlo le ofreciera lo que realmente deseaba.

Sintió un arrebato de sentimientos en lo más profundo de su ser, un dolor físico que lo abrasaba como el fuego. Dentro de la salvaje confusión de sus pensamientos una voz le preguntó si no serían sus sentimientos los que le estaban provocando tanto dolor. Pero él no tenía sentimientos. Sobre todo por una mujer como Sasha. Su relación con ella había sido meramente sexual. Lo que le hacía daño era que ella le hubiera prestado a otro hombre unos favores sexuales que deberían haber sido exclusivamente suyos. Él la mantenía y eso le daba el derecho al uso exclusivo de su cuerpo.

Se percató de pronto de que el extraño ruido que oía dentro de su cabeza era el chirrido de sus propios dientes. ¿Había disfrutado Sasha traicionándolo? ¿Había estado planeando su futuro con Carlo mientras lo abrazaba a él? Tenía la cabeza a punto de estallar y sentía un dolor agudo en el pecho. No entendía lo que le estaba ocurriendo, ni por qué, pero sabía que no podía quedarse allí tumbado atormentándose ni un minuto más. Apartó las sábanas y se puso unos pantalones cortos. Una paseo por la playa lo ayudaría a calmarse.

Gabriel vio a Sasha antes de que esta lo viera a él. Estaba de pie junto a la orilla, mirando al mar, la brisa matutina ciñendo el fino tejido de su camisón contra su cuerpo. Podía ver su silueta tan claramente como si estuviera desnuda: la suave turgencia de sus pechos que contrastaba con la dureza de los pezones enhiestos; la cintura estrecha y la curva de las caderas, la hendidura de la columna seguida de la redondez de las nalgas, cuyo surco quedaba marcado por el camisón.

Empezó a recordar imágenes del pasado. Otros tiempos, otra playa, tan desierta como esa. Sasha de pie, con un sombrero de paja por toda vestimenta, hundiendo una pequeña red de pescador en un estanque marino, tan concentrada en su actividad que no lo había oído acercarse a ella hasta que él la abrazó por detrás y empezó a recorrer su cuerpo con las manos, acariciando una y otra vez sus pechos, el vientre y el interior de sus muslos hasta que ella empezó a gemir de deseo. Todavía recordaba la calidez humedecida de aquellos labios que ya no ocultaban su sexo sino que se abrían para recibir sus caricias. Ella había presionado su cuerpo contra el suyo, con urgencia, y se había apoyado en la roca que tenía enfrente. Él la había poseído allí mismo, empujando con fuerza dentro de ella, sintiendo cómo los músculos de ella aferraban avariciosamente su sexo.

La erección que crecía dentro de sus pantalones cortos era producto de sus recuerdos, y no tenía nada que ver con el presente, razonó Gabriel. Sasha ya no tenía la capacidad de excitarlo, a menos que él lo permitiera.

De pronto, Sasha giró la cabeza y lo vio. Durante un segundo se quedó mirándolo y, súbitamente, se dio la vuelta y echó a correr.

La reacción de Gabriel fue instintiva e inmediata. Sasha notó cómo el retumbar de su propios pies sobre la arena atenuaba el ruido sordo de los latidos de su corazón. Él estaba acortando la distancia entre ellos, pero siguió corriendo poseída por el instinto de la presa que escapa del cazador.

Finalmente la alcanzó y, asiéndola del brazo, la atrajo hacia sí con tanta fuerza que casi le hizo perder el equilibrio. Apenas podía respirar y el corazón parecía estar a punto de estallarle en el pecho, pensó Sasha. Intentó desasirse, pero Gabriel no solo no la dejó sino que la atrajo aún más hacia él. Trató de empujarlo con la mano que tenía libre, pero en el momento en que sintió el contacto de su piel se apoderó de ella un temblor que no pudo controlar. Suspiró con desesperación y sus ojos se abrieron al máximo al ver cómo Gabriel se inclinaba hacia ella y la besaba con una pasión salvaje que le hizo recordar tiempos pasados. No le quedó más remedio que rendirse y, cerrando los ojos, recibió aquel beso furioso, dejando que él castigara su boca mientras le clavaba las uñas en la espalda en muda respuesta a su hostilidad.

La parte de ella que todavía era capaz de pensar sabía que él se resentía de su deseo hacia ella, pero no lo suficiente como para dejar de moldear su cuerpo con las manos como si estuviera tomando posesión de él. Se había desencadenado algo que ninguno de los dos era capaz de controlar, se dijo Sasha, mareada. Una corriente de urgente deseo corría por sus venas derribando sus últimas defensas. Hacía tanto tiempo que no se sentía así... demasiado tiempo. Su cuerpo seguía las instrucciones que su cerebro ordenaba semiinconsciente. Tembló y gimió, arqueando la garganta para acomodar la boca ardiente de Gabriel sobre su piel. A cada segundo que pasaba el tormento se hacía más y más intenso. Sintió esa presión familiar en el bajo vientre que abría los labios de su sexo y la impelía a abrir las piernas y a inclinarse sobre Gabriel para que él pudiera sentir por sí mismo que ya estaba preparada para él. Su garganta emitió un gemido profundo, a caballo entre el ronroneo y el gruñido, al sentir la presión de su miembro enhiesto contra su cuerpo. Automáticamente, deslizó la mano hacia su entrepierna, y palpó con ansia el bulto que oprimía el tejido de sus pantalones. Sasha tuvo la lucidez suficiente como para comprobar que no se los podía ver desde la casa, que estaban protegidos por las rocas, aunque dudó de si le hubiera importado en caso contrario mientras Gabriel le acariciaba el pezón a través del camisón.

–Gabriel... –suspiró apasionadamente, mientras trataba impaciente de bajar la cremallera de sus pantalones y cerraba los ojos en agónico placer al descubrir que no llevaba nada debajo. Recorrió con la punta de sus dedos el miembro rígido conteniendo el aliento de puro gusto.

–Espera –le ordenó él ásperamente. La miró y negó con la cabeza mientras extendía la mano hacia el camisón. Sasha asintió y elevo los brazos para que él pudiera quitárselo con facilidad. Antes de que pudiera bajar los brazos, la boca de Gabriel había alcanzado uno de sus senos desnudos y ya estaba saboreando la perfumada calidez de antaño mientras mordisqueaba sensualmente el pezón oscuro y erecto y acariciaba con la mano su otro seno. Era más placer del que ella podía soportar. Gritó de dicha mientras le clavaba las uñas en la espalda y pronunciaba su nombre gimiendo. No había necesidad de decir nada; parecían moverse al unísono, como si sus movimientos estuvieran concertados de antemano. Gabriel se inclinó y levantó su cuerpo para atraerla hacia sí. Al rodearlo con las piernas, Sasha le abrasó la piel al restregarle la arena que tenía en los pies, lo que no hizo sino recordarle que el placer es más intenso si va acompañado de una punzada de dolor. Quizá por eso la necesitaba tan abrumadoramente, porque sin ella su vida había sido gris y aburrida. Quizá necesitaba el dolor para conseguir sentir algo. Esos pensamientos inconexos se desvanecieron en cuanto Sasha le rodeó el cuello con los brazos. Apoyándose contra la roca que tenía detrás, Gabriel la penetró acaloradamente. Inmediatamente, ella echó la cabeza hacia atrás gimiendo de placer mientras sus músculos atrapaban el miembro de él con tanta firmeza que se diría que formaban un solo ser. Con ella siempre había sido así, y esa certidumbre lo perseguía en sueños y hostigaba su orgullo. Ninguna otra mujer lo había hecho sentir así. Ninguna otra mujer había conseguido traspasar la barrera que los convertía en un único ser. ¿Cómo podía haber vivido tanto tiempo sin ella?

Sasha estrechó a Gabriel entre sus brazos con toda la fuerza de la que era capaz, saboreando al máximo cada una de sus embestidas. Quería que la penetrara más profundamente, que la poseyera entera. Estaba tan excitada que sintió ganas de llorar. Ella respondía a sus embates con movimientos rítmicos. Acercó la boca a su garganta y comenzó a acariciarla con los labios saboreando el gusto intenso y salado que le resultaba tan familiar. Nada más oír cómo él gritaba su nombre sintió el primer espasmo del éxtasis. Sin palabras, Gabriel la soltó, respirando pesadamente. Debía de ser la falta de oxígeno la que le hacía temblar de pies a cabeza como si fuera un jovencito que acabara de poseer a una mujer por primera vez, pensó débilmente.

Sasha no podía creer lo que acababa de hacer. Su cuerpo temblaba con tal violencia que apenas se podía tener en pie. Se sintió débil, pero al mismo tiempo plena de satisfacción. Elevó la vista para mirar a Gabriel.

–Me lo debías –le dijo él respirando pesadamente–. Me debías esto y mucho más.

El sol la deslumbró y Sasha se echó hacia un lado para evitar su luz cegadora. Vio su camisón tirado en la arena. Lo recogió y se lo puso a la vez que sentía un gran vacío en su interior, similar al que padecían las víctimas de un accidente, cuyo trauma impedía a sus cuerpos percibir la gravedad de sus heridas.

Sin dirigirle una sola palabra a Gabriel comenzó a caminar hacia la casa.

Capítulo 9

AFORTUNADAMENTE era muy temprano y nadie se había levantado todavía, ya que cuando Sasha llegó finalmente a su habitación estaba temblando de la impresión.

Se echó en la cama con los ojos llenos de lágrimas. ¿Qué le había ocurrido? Se había comportado como... como una mujer que no había tenido sexo durante diez años. O como una mujer que había suspirado durante diez años por el único hombre que había amado.

Gabriel sintió el rocío caliente de la ducha, que borraba el aroma que Sasha había dejado en su piel. Algo le había ocurrido en la playa, algo tan maravilloso y esclarecedor que parte de él deseaba conservarlo para siempre en su memoria. Algo que, por un lado, le hacía desear abrazar a Sasha con ternura y conservarla para siempre a su lado pero que por otro le daba miedo, puesto que cuestionaba todo aquello en lo que creía, y sobre lo que había cimentado su vida. Pero se forzó a enfrentarse a la situación con realismo: aunque no había planeado lo sucedido en la playa, lo cierto era que demostraba que lo que pensaba de Sasha era cierto y que esta no le era más leal a Carlo de lo que le había sido a él. Pero entonces, ¿dónde estaba la euforia moral que debería estar sintiendo? ¿Y la sensación de triunfo? ¿Por qué se sentía más bien como un ex adicto que hubiera vuelto a probar su droga favorita y hubiera descubierto que el placer que le inspiraba era mucho más potente de lo que recordaba?

Iba a hacerlo una vez más, solo una vez, para poder disfrutar de la posibilidad de abandonarla y hacerle daño. Eso era lo que se había dicho a sí mismo, pero sabía de antemano que no iba a ser así, porque ya estaba pensando en la siguiente ocasión, y en la siguiente, y en la otra... Estaban anidando en él unos sentimientos que...

¿Sentimientos? Pero si él carecía de ellos, especialmente hacia Sasha.

La enorme discrepancia entre lo que quería pensar y lo que le estaba ocurriendo de verdad lo dejó petrificado. El dolor que había creído incapaz de sentir le estaba atenazando el corazón. En la playa, mientras estrechaba a Sasha entre sus brazos en ese momento de calma total que sigue a la intensidad del clímax, un pensamiento ligero como una pluma se había hecho paso hasta su corazón, advirtiéndole que ese momento íntimo vivido junto a Sasha era de los más felices que podría experimentar jamás.

Sentía unos dolores desconocidos en el cuerpo, y sabía que no estaban provocados por la tensión que atenazaba sus músculos mientras caminaba por el hotel con Gabriel y el arquitecto, que había ido a estudiar las posibilidades de reconvertirlo en una residencia privada.

Los tres estaban en el exterior y el arquitecto estaba dando su opinión.

–No creo que vaya a plantear grandes problemas –le dijo a Gabriel con entusiasmo, y añadió dirigiéndose a Sasha en tono aprobador–: La verdad es que su arquitecto hizo un excelente trabajo al convertir la casa en hotel; conservó los detalles originales.

Sasha tuvo que obligarse a fingir que estaba escuchando. Y no porque no estuviera interesada: la arquitectura y la decoración de interiores eran dos de sus pasiones, pero en ese preciso momento estaba sintiendo las secuelas de una pasión muy diferente. Mientras su cuerpo seguía bajo los efectos de una lasitud sensual, su mente no dejaba de autoflagelarse. Pero no servía de nada seguir atormentándose. Lo hecho, hecho estaba, y ahora tenía que acarrear con las consecuencias. Y, la peor de ellas era que estar ahí de pie a menos de cinco metros de Gabriel le hacía sentir una lujuria desenfrenada.

Hubiera dado cualquier cosa por rechazar su invitación a unirse a él y al arquitecto en su inspección de la casa, pero su orgullo no se lo había permitido. Y ahora estaba sufriendo las consecuencias de ser tan orgullosa, sintiendo que cada una de sus terminaciones nerviosas estaba emitiendo mensajes inequívoca y peligrosamente eróticos. Gabriel podía estar vestido, con unos chinos beiges y una camisa blanca de lino, pero ella seguía viendo su cuerpo desnudo, lo que hizo que su rostro se cubriera de una fina capa de sudor que Sasha deseó no despidiera el aroma del deseo que sentía por Gabriel.

Aunque estaba intentando mantener las distancias como podía, colocándose a un lado de Gabriel para quedar fuera de su línea de visión y caminando junto al arquitecto, seguía siendo plenamente consciente de su presencia.

–Una cosa que me gustaría construir en el jardín es un parque de suelo duro para los niños.

–¿Para que sus hijos patinen y monten en bici? –preguntó el arquitecto–. Me parece una buena idea.

Sasha contuvo el aliento mientras aguardaba a que Gabriel lo corrigiera y le dijera que Sam y Nico no eran sus hijos sino sus pupilos, pero el arquitecto ya había vuelto a hablar.

–Mis hijos siempre se están quejando de que no pueden hacer esas cosas; a mi mujer le parece que las carreteras son muy peligrosas por el tráfico. Lo cierto es que esta casa está muy bien situada: está lo suficientemente cerca de Puerto Cervo como para que puedan hacer uso de sus servicios pero sin estar pegada a él. Además, disponen de un tramo privado de playa, lo cual es magnífico.

–El terreno ha pertenecido a la familia Calbrini durante generaciones –le dijo Gabriel mientras Sasha se estremecía, culpable, al recordar lo que habían hecho en la playa.

El arquitecto estaba mirando a su coche de alquiler con la clara intención de irse. Sasha suspiró de alivio, se excusó y echó a andar, ajena a la manera en que Gabriel se giró para mirarla.

Encontró a los niños en la terraza, hablando excitadamente con el profesor Fennini de la visita que iban a hacer aquella tarde a los lugares históricos de la isla. Sin necesidad de girarse, Sasha supo que Gabriel la había seguido hasta allí.

Se sirvió un vaso de agua con manos tan temblorosas que derramó parte del contenido de la jarra sobre la mesa. En un desesperado intento por aumentar la distancia que la separaba de Gabriel dio un paso en falso y casi perdió el equilibrio. Se hubiera tropezado con una de las sillas de hierro forjado si no llega a ser por Gabriel, que alargando la mano cubrió el metal haciendo que Sasha chocara contra sus dedos.

No podía moverse; no podía hacer nada. Su cuerpo se recreaba en el placer prohibido del contacto físico con Gabriel. Las manos le temblaban tanto que apenas podía sujetar el vaso. Se dio cuenta de que los niños la miraban. ¿Qué debían de estar pensando? Eran demasiado jóvenes para entender lo que le estaba ocurriendo. No obstante, el sentimiento de culpa la hizo sonrojarse.

–Mamá, ¿por qué ya no te pones tus anillos? –preguntó Nico con curiosidad.

El alivio inicial se vio seguido de un momento de tensión. Se miró la mano izquierda, desprovista de todo adorno salvo el del fino anillo de bodas.

–Ya está aquí el coche, niños, es hora de irse –anunció jovialmente el profesor.

Sasha los acompañó a la entrada, donde el chófer los esperaba en el Mercedes climatizado que Gabriel había alquilado para las visitas con el profesor, y se despidió de los niños con un beso y un abrazo fugaz.

Gabriel estaba hablando con el profesor y Sasha aprovechó para volver a la casa. Le dolía la cabeza. Estaba en estado de shock desde la mañana y seguía sin poder conciliar lo que había hecho con la verdad de la relación que la unía a Gabriel. Él la despreciaba, le guardaba rencor, y aun sabiéndolo le había permitido que...

¿Permitido? Lo ocurrido aquella mañana no había sido el resultado de una decisión consciente. Como una tormenta furiosa, había sido imposible de controlar.

–Sasha.

Se puso rígida, sin saber si girarse hacia él o si echar a correr como había hecho por la mañana. Ya no era solo su rostro el que ardía, sino su cuerpo entero.

Se obligó a girarse y a mirarlo.

–No has llegado a contestar a Nico –le dijo–. ¿Por qué ya no llevas los anillos?

Sasha respiró hondo.

–Porque los he vendido –le dijo con calma–. Las joyas eran lo único de valor que tenía en propiedad, así que las llevé a Puerto Cervo y las vendí. Cuando los niños vuelvan al colegio, pienso invertir el dinero en un casa en Londres, donde viviremos los tres. Al contrario de lo que piensas, Gabriel, no quiero vivir a tus expensas.

–¿Que has vendido las joyas? –Gabriel se sintió invadido por una mezcla de enfado y temor. Si Sasha tenía dinero dejaría de necesitarlo a él. Y él ansiaba que ella lo necesitara.

–Sí –dijo Sasha con calma–. Los niños necesitan un hogar estable. Son mis hijos, y voy a hacer todo lo posible por darles eso, Gabriel.

–Podrías haber...

–¿Qué? –lo desafió–. ¿Pedirte ayuda? Creo que los dos sabemos cómo habrías reaccionado, ¿no? Me duele muchísimo la cabeza y no estoy de humor para esta conversación, Gabriel. Lo que decida hacer con mis joyas es asunto mío y de nadie más.

Se giró y se dirigió hacia las escaleras.

Por alguna razón incomprensible Gabriel sintió como si alguien hubiera depositado una tremenda carga sobre su pecho.

Vio cómo Sasha subía por las escaleras y, durante un segundo, estuvo tentado de seguirla y preguntarle cómo podía conciliar el amor que sentía por sus hijos con lo que le había hecho a él. Al fin y al cabo, ella le había dicho que lo amaba y le había suplicado que él la amara a ella. Recordó lo confuso y enfadado que se había sentido y la fuerza con la que había rechazado las palabras de Sasha. Y sin embargo, sus palabras lo habían conmovido de una manera desconocida, aunque al principio se había negado a reconocerlo. Ahora, ese recuerdo enterrado hacía tanto tiempo volvía a su memoria.

Sentía tirantez en la garganta, y su corazón latía con fuerza, provocándole dolor. ¿Sería por Sasha? ¿Porque era una madre amante de sus hijos? ¿Sentía él celos de ese amor?

Una de las primeras cosas que su abuelo había hecho cuando se llevó a Gabriel a vivir con él fue enseñarle el collar de diamantes y rubíes que le había dado a su madre cuando esta regresó a casa.

–Por esto te vendió tu madre –se había burlado antes de decir con amargura–: Debería haberse casado con el hombre que elegí para ella en un principio. Ahora quizá tendría el nieto que el apellido Calbrini se merece y no un malnacido como tú.

Tras la muerte de su abuelo, Gabriel destrozó el retrato en el que su madre aparecía adornada con los rubíes que había tenido en tan alta estima, y guardó el collar en la cámara acorazada que la familia Calbrini tenía en el banco. El tiempo que pasó con Sasha debería haber confirmado todo lo que pensaba sobre las mujeres. Debería haberle dado la satisfacción de una deuda cobrada. Y, sin embargo, había planteado unas dudas en su planteamiento vital que ahora no podía ignorar.

Una idea afloró a su mente. Salió de la casa y se metió en el coche. Conocía Puerto Cervo lo suficientemente bien como para imaginar a qué joyero había visitado Sasha.

El propietario de la joyería se mostró reacio en un principio a decirle cuánto dinero le había dado a Sasha, pero finalmente Gabriel se salió con la suya. Le extendió un cheque por una cantidad superior por las «molestias causadas» y, una vez recuperadas las joyas de Sasha, regresó al coche.

Sasha no había mentido cuando dijo que le dolía la cabeza. El murmullo del Mercedes de Gabriel alejándose le dio a entender que este había salido y que, por tanto, tenía la casa para ella sola. Dio un suspiro de alivio. Durante unas horas no tendría que disimular ni preocuparse por ocultar sus sentimientos.

Se desnudó y se metió en la ducha, agradecida al sentir el agua fresca corriendo por su piel tensa y acalorada.

Aquella mañana en la playa...

«Déjalo. No pienses en eso ahora», se dijo a sí misma.

Pero quería hacerlo. Quería pensar en ello y volverlo a vivir, y disfrutar de cada segundo...

Cerró el grifo de la ducha y extendió la mano en busca de una toalla. Se envolvió en ella antes de volver a la habitación. Esa ansia que la dominaba no significaba nada, intentó tranquilizarse. Se trataba de un mero apetito físico, nada más... Aquella chica necesitada que había estado tan desesperada por conseguir el amor de Gabriel ya no existía. Y la mujer que había en su lugar no necesitaba su amor. Tenía dos hijos, amor propio y todo un futuro por delante. No tenía ninguna necesidad de arrastrarse al pasado para reivindicar una relación que la perjudicaba. Gabriel no había cambiado, eso era obvio. No estaba dispuesto a hacerlo. Su vida estaba construida sobre la base del abandono de su madre, y sin esa base... La verdad era que él la despreciaba. La poderosa pasión sexual que había entre ellos estaba cimentada sobre el odio y la amargura, y eso hacía que fuera destructora y perjudicial para ambos.

Tomó dos analgésicos, cerró los postigos de las ventanas para no dejar pasar la luz del sol, y se metió en la cama. Las lágrimas anegaron sus ojos y rodaron por su rostro. No las había provocado solo el dolor de cabeza, reconoció. ¿Pero por qué lloraba por Gabriel? No podía entenderlo.

* * *

La casa estaba vacía y silenciosa. Gabriel tuvo la sensación de que un puño gigantesco le aplastaba el corazón. Se vio a sí mismo, como en una escena de película, dando grandes zancadas en la oscuridad de la cabina del yate, llamando furioso a Sasha, preguntándose por qué esta no estaba en la cama.

Pero esta vez no podía haberse ido con Carlo. Al fin y al cabo, su primo había muerto, y el coche de Sasha estaba aparcado fuera. El pulso le latía con fuerza y se le había formado un nudo en el estómago. Sería por la rabia que sentía, se dijo a sí mismo.

Comprobó que no había nadie en las estancias de la planta baja y se dirigió a las escaleras.

El ruido del motor del Mercedes bajo su ventana despertó a Sasha. Gabriel había vuelto. Apartó las sábanas, aliviada al comprobar que el dolor de cabeza había remitido. Oyó cómo Gabriel golpeaba la puerta de su suite a la vez que la llamaba con impaciencia.

–Ya voy. Espera un minuto –respondió ella, renunciando a vestirse al oír que él ya había entrado y se dirigía a la puerta de la salita. Estaría en su habitación de un momento a otro. Presa del pánico, agarró una toalla limpia y se envolvió en ella, al tiempo que lo instaba a no entrar, puesto que no estaba vestida.

Pero era demasiado tarde: había abierto ya la puerta de la habitación y estaba allí, en mitad de la habitación, mirándola con el ceño fruncido.

–¿Qué está ocurriendo? –preguntó bruscamente.

Sasha torció el gesto. Los ojos de Gabriel registraban la habitación como si fuera un amante celoso esperando encontrar a su rival.

Su imaginación le estaba jugando una mala pasada, pensó ella.

–¿Por qué están cerrados los postigos?

–Me dolía la cabeza y decidí acostarme un rato –le dijo Sasha.

–¿Sola?

Sasha se lo quedó mirando. ¿Qué diablos le estaba pasando? ¿Realmente se creía que tenía a un amante escondido en la habitación?

–Me dolía la cabeza –repitió–. Mucha gente se acuesta cuando tiene dolor de cabeza, Gabriel.

Él apretó los labios y de pronto Sasha recordó una escena del pasado. El aire perezoso de la tarde, perfumado del sensual olor a sexo, invadía la cabina del yate. Le pareció sentir el calor sobre su piel. Sin necesidad de hablar, Gabriel la había transportado al pasado.

–Puede que tú sigas yéndote a la cama por las tardes para acostarte con alguien –le dijo con vehemencia– pero yo no lo hago.

¿Estaría sonando como si quisiera hacerlo? ¿Le estaría enviando un mensaje subliminal de deseo?

–¿Qué querías? –le preguntó–. Tengo que vestirme; los niños están a punto de llegar.

Él dejó el voluminoso paquete sobre la mesa y miró su reloj.

–No volverán hasta dentro de dos o tres horas –dijo antes de volver a agarrar el paquete y entregárselo.

–¿Qué... qué es esto? –preguntó, recelosa.

–¿Por qué no lo abres y lo ves por ti misma? –dijo mientras atravesaba la habitación en dirección a la puerta. Pero en lugar de traspasarla, la cerró y se giró–. Ábrelo, Sasha.

No tuvo más que retirar el envoltorio y levantar la tapa para darse cuenta de lo que era. Sus manos temblaban mientras retiraba el papel de seda y apretó la boca al encontrar debajo los estuches de sus joyas. Abrió uno de ellos, y la dominó una ola de furia al ver que era su anillo de diamantes. Cerrando el estuche con violencia, miró a Gabriel.

–Más te vale comprobar que están todas –le dijo este ásperamente.

–¿Qué es esto, Gabriel? –preguntó ella haciendo caso omiso de su orden y arreglándoselas para no sonar furiosa.

–Son tus joyas. ¿Qué te creías que era?

–Oh, no... –Sasha negó con la cabeza y, tras colocar la tapa en la caja, la arrojó lejos–. Yo las vendí.

–Y yo te las he vuelto a comprar.

–¡No tenías ningún derecho! ¿Te das cuenta de lo que has hecho? ¿Cuánto has pagado por ellas? Más de lo que yo obtuve por su venta, eso seguro.

Su silencio le hizo pensar que tenía razón. Su rostro se ruborizó de cólera.

–¿Cómo te atreves a hacerme esto a mí, Gabriel? Vendí las joyas para poder comprar una casa donde vivir con mis hijos, para no depender de ti. No tenías derecho a...

–Por supuesto que tenía derecho –la cortó Gabriel, también furioso. ¿Acaso no se daba cuenta de lo afortunada que era? ¿De lo generoso que estaba siendo? ¿O quizá estaba siendo dominante?, le sugirió una voz interna. «¿Hasta qué punto estás decidido a mantenerla en deuda contigo?» Hizo caso omiso de esa voz–. Tengo que pensar en el apellido Calbrini. ¿Qué impresión crees que da el que hayas vendido las joyas que te dio Carlo?

–Pues no creo que se preste tanto a que la gente murmure como el que tú vuelvas a comprarlas –repuso ella, mordaz–. Todo el mundo sabe que Carlo murió arruinado. No tenía por qué avergonzarme por vender las joyas, Gabriel. Pero ahora, gracias a ti...

–Gracias a mí ¿qué? –preguntó él amenazadoramente.

–¿De verdad te tengo que decir por qué las has comprado, Gabriel? ¿Quizá para que me sienta en deuda contigo? ¿Para que puedas controlarme? Al comprarlas me estás obligando a pagarlas de nuevo y a endeudarme por la cantidad adicional que le hayas pagado al joyero. Has robado mi libertad, Gabriel. Igual que tu abuelo se la robó a tu madre. Pero yo no soy ella, y nadie me va a obligar a vivir en eterna deuda contigo.

Sasha había empezado a temblar de pies a cabeza al darse cuenta de las verdaderas razones de Gabriel. Agarró una caja y se la arrojó.

–¡Tómala! No la quiero. Y tampoco te quiero a ti. No voy a permitir que me obligues a representar el papel que has elegido para mí. Yo soy yo, no tu madre.

–Por lo menos mi madre no se acostaba con todo el mundo ni compartía sus favores con dos hombres a la vez. Tienes razón, no eres ella. Tú eres una...

Aquella fue la gota que colmó el vaso. Ardía de cólera por dentro. Levantó la mano y lo abofeteó fuertemente en la mejilla. Gabriel soltó inmediatamente la caja y la agarró.

Sasha se estremeció, muerta de rabia y de vergüenza. Eso era lo que ocurría cuando Gabriel invadía su vida. Le traía recuerdos del pasado que despertaban en ella emociones que no era capaz de manejar. Aun en aquel momento, con la rabia y la vergüenza arremolinándose en su interior, seguía deseándolo. Tenía que poner distancia entre ellos.

–Gabriel, suéltame –le rogó mientras se debatía olvidando que lo único que llevaba puesto era una toalla. Se le cayó justo en el momento en que Gabriel la iba a levantar por la fuerza para evitar su forcejeo.

Las manos de Gabriel se encontraron con un cuerpo desnudo en lugar de con una toalla. Su mirada hizo que Sasha contuviera el aliento. Un silencio espeso, peligroso, invadió la habitación.

–Gabriel –rogó Sasha de nuevo. Pero ya era demasiado tarde, puesto que él ya había empezado a apartar violentamente la toalla y las cajas de cartón y la estaba llevando hacia la cama.

–Tienes razón –le dijo con la voz pastosa–. Estás en deuda conmigo y voy a cobrármela. Aquí y ahora.

Capítulo 10

SASHA lo miró, impotente. Su enfado inicial se había transformado en una sacudida de deseo. La mano que había levantado para apartarlo lo rodeaba ahora por el cuello en un intento de atraerlo hacia sí.

Esa era la razón por la que tenía que mantener las distancias con él. Porque cuando él estaba cerca solo podía pensar en lo mucho que lo deseaba.

Aquella chica de diecisiete años que se había fabricado un mundo de amor y fantasía en torno a Gabriel no había sido consciente de lo que en realidad sentía por él. Para ella el sexo era algo que acompañaba al amor, una consecuencia del mismo. No era consciente de su ferocidad e intensidad. No tenía ni idea de que la iba a hacer sentir así. Pero no podía culpar a la chica que fue de lo que sentía ahora como mujer. Cerró los ojos y sus manos recorrieron febrilmente el torso de Gabriel y empezaron a desabrochar botones mientras él la besaba, sumiéndola en ese lugar profundo donde no imperaba la razón sino el deseo, donde solo se oía la voz de los sentidos, apremiándola a gozar mientras hubiera tiempo para ello.

Le quitó la camisa a medias y él terminó de despojarse de ella completamente. Sus cuerpos se movían al unísono mientras él se desabrochaba el cinturón. Sasha se inclinó hacia delante y acarició la línea de su clavícula con el dedo y luego con la boca, aspirando el aroma que emanaba de su cuerpo masculino. Se hallaba completamente sumida en el mundo de su propio deseo.

Las manos de él descansaban en la cinturilla de sus pantalones, tras haberse desabrochado el cinturón. Sasha levantó las manos y las colocó sobre su pecho empujándolo hasta que cayó de espaldas sobre la cama. A continuación tomó el control de la cinturilla y lentamente, centímetro a centímetro, beso a beso, comenzó a bajarle la cremallera, regocijándose en el placer sensual de ir descubriendo poco a poco la línea de vello oscuro que cubría su vientre. Con la lengua comenzó a describir círculos alrededor de su ombligo y observó ceremoniosamente el lugar donde la fina línea comenzaba a espesarse. Sintió su erección bajo el tejido de los chinos. Su pulso empezó a latir con fuerza. Tiró con impaciencia de los pantalones y gimió de alivio cuando él, respondiendo a su ansia, se puso de pie para terminar de desnudarse.

En la playa no había tenido tiempo para observarlo bien, pero ahora podía hacerlo. Sus pezones se tensaron mientras la atravesaba un deseo profundo y caliente, un deseo no de niña, sino de mujer. Esta sensación no la había conocido a los diecisiete años. Era un ansia desprovista de dulces fantasías, era la pasión elemental de una mujer real que necesitaba a un hombre de verdad. A los diecisiete años había buscado un amor sentimental. En ese momento, sobre esa cama, estaba dispuesta a sacrificar el amor por la satisfacción puramente física que él era capaz de darle. Era una mujer con derecho a satisfacer su propia sexualidad. Lo ocurrido en la playa aquella mañana había abierto un caudal interno acumulado durante diez años de renuncia y represión sexual.

Una voz dentro de ella le recordó que no podía permitirse esos excesos. No solo era una mujer, también era una madre, y como tal tenía que anteponer a sus hijos a sus propias necesidades. Gabriel era su tutor, y no podía ofrecerle unas armas que luego él podría utilizar en su contra corrompiendo la imagen inocente que los niños tenían de ella.

Como si hubiera adivinado sus pensamientos y anticipado una retirada, Gabriel la agarró y le dijo con vehemencia:

–Ya es demasiado tarde para echarse atrás, Sasha. Me voy a cobrar lo que me debes. Y te voy a recordar a lo que renunciaste el día que te fuiste.

Su voz, ahora dulce y cargada de sensualidad, la hizo temblar de deleite. Le estaba acariciando la piel con mucha suavidad, con la punta de los dedos solamente, haciendo que su cuerpo ardiera en deseos de recibir más. Estaba jugando, de eso se daba cuenta Sasha, besándola y apartándose, recorriendo su cuerpo intermitentemente con la punta de los dedos, provocándole un tormento lento y dulce.

Desesperada por recibir más, intentó acercarlo hacia sí, pero él se limitó a rodearle los brazos con las manos y siguió besándola lentamente en la garganta, y luego en los hombros, tan fugazmente que ella tenía que contener el aliento para no perderse ninguna sensación.

–Me deseas, ¿verdad? –susurró él.

No pudo contestarle con palabras, pero las convulsiones de placer que sacudían su cuerpo respondieron por ella. Con una de sus manos, que había quedado milagrosamente libre, lo rodeó por el cuello para apretarlo más contra su cuerpo. El jugueteo de sus labios en sus pezones era algo que siempre la había llenado de erótico deleite. Pero su memoria no había registrado con exactitud la intensidad de esa sensación. Las punzadas de placer eran tan profundas que no le quedó más remedio que gritar de gozo.

Gabriel percibió la humedad que le decía que ya estaba preparada. Al sentir los dedos de él sobre su sexo su deseo se agudizó, y arqueó la espalda mientras Gabriel describía círculos con la punta del dedo en la hinchada fuente de su placer femenino.

Durante unos segundos, aquello le bastó. Pero su cuerpo recordaba unos placeres más profundos, y no tardó en exigir que aquellos círculos se convirtieran en caricias que abarcaran todo su sexo, no una, sino varias veces hasta que, presa de la frustración, agarró a Gabriel, desesperada por sentir cómo llenaba el vacío que sentía en su interior.

–¿Me deseas? –preguntó él mientras se echaba ligeramente hacia atrás para colocarse entre sus piernas.

Sasha afirmó con la cabeza y lo miró conteniendo el aliento. Las manos de Gabriel reposaban en sus caderas. Empezó a inclinar la cabeza sobre el cuerpo de ella, descendiendo cada vez más, exhalando el aliento sobre su vientre.

Sasha respiró hondo y tensó su cuerpo ante la perspectiva de una intimidad que no creía capaz de resistir. Eso no era lo que esperaba, ni tampoco lo que deseaba. Era demasiado íntimo, demasiado personal; derribaría todas sus defensas y la dejaría totalmente desarmada.

Pero ya era demasiado tarde para detenerlo. La lengua de Gabriel ya estaba acariciando delicadamente la carne hinchada, que se abría como si se tratara de una ofrenda sensual. Un escalofrío de placer la atravesó. Intentó a duras penas contener un pequeño grito de dicha mientras la lengua de Gabriel se movía con rítmica precisión en su interior. Sintió que estaba llegando al clímax. Ya era demasiado tarde para escapar. Arqueó la espalda y apretó los puños mientras sentía cómo Gabriel, cambiando de postura y echándose sobre ella, separaba sus labios y entraba triunfalmente en su interior.

Durante unos segundos, vivió intensamente la sensación de tenerlo dentro y finalmente se rindió a unos poderosos espasmos de placer que la poseyeron por completo, y derramó un líquido caliente antes de quedarse completamente laxa e indefensa sobre la cama. Durante un rato se sintió incapaz de pronunciar palabra. Lo único que podía hacer era permanecer allí tendida, escuchando cómo se iban suavizando los jadeos de Gabriel y experimentando los últimos espasmos de placer. Finalmente, Gabriel la soltó y se echó a un lado.

–Me has echado en cara todas las cosas que Carlo te ofreció, pero los dos sabemos que nunca recibiste de él lo que yo te acabo de dar.

Sus palabras parecían llegar desde muy lejos, como el eco de unas piedras al caer al agua desde una gran altura.

–Hay cosas más importantes que el sexo, Gabriel.

–Eso lo dices ahora –se burló él–, pero hace diez minutos...

–No puedo cambiar mi pasado, pero sí controlar mi futuro –contraatacó ella–. No me vas a usar como si fuera un juguete sexual, Gabriel. Tengo que pensar en mis hijos. Por más placer que me des en la cama, no me merece la pena poner en peligro mi relación con ellos.

–Eso lo dices ahora. Pero los dos sabemos que puedo hacerte cambiar de opinión.

Sasha cerró los ojos. No quería ver cómo recogía su ropa ni cuándo se marchaba. Pero no pudo evitar hacerlo.

Capítulo 11

HABÍA llevado a cabo lo que se había propuesto. Había forzado a Sasha a reconocer que ningún otro hombre la había hecho sentir como la hacía sentir él. Entonces, ¿por qué no estaba eufórico? ¿Por qué su triunfo parecía tan vacío? ¿Por qué sentía ese dolor en el pecho? ¿Sería la necesidad de ver a Sasha sonreírle con la misma ternura con la que sonreía a sus hijos? ¿Por qué había permitido que su deseo por ella lo dominara hasta el punto de hacerle el amor, no una sino dos veces, sin tomar ningún tipo de precaución? ¿Por qué se despertaba en mitad de la noche deseando tenerla cerca, anhelando de ella algo más que un grito de placer? Pero ¿más de qué? ¿Qué era exactamente lo que quería de ella? Su corazón conocía la respuesta. ¿Su corazón? Él no tenía corazón; su madre lo había destrozado antes de que pudiera experimentar sentimientos. Nunca había temido amar a nadie porque nunca antes había creído que fuera capaz de amar. Así pues, ¿qué era ese sentimiento de dolor que lo invadía?

La verdad era que Sasha era una mujer por la que era imposible no sentir amor.

Gabriel se quedó mirando la pantalla del ordenador con la mirada perdida, sin comprender de dónde había provenido ese pensamiento, pero incapaz de resistirse a la verdad que contenía. La chica que una vez había despreciado amargamente por el dolor que le había infligido a su orgullo se había convertido en una mujer merecedora de respeto y que tenía el poder de dañar algo mucho más vulnerable que su orgullo.

Lenta, cuidadosamente, como un hombre perdido en un túnel sin luz que lo guiara, Gabriel empezó a explorar el territorio desconocido de ese mundo nuevo de sensaciones en el que acababa de entrar y se estremeció al encontrarse con una dolorosa realidad.

¿Era eso el amor? ¿Esa poderosa combinación de fuerza y debilidad, de necesidad de dar y ansia de recibir, de deseo de proteger y afán de poseer?

Pensando en el pasado, ¿no había sentido todas esas cosas por ella hacía ya muchos años, si bien se había negado a reconocer la existencia de esos sentimientos y su significado?

El amor. Pronunció la palabra varias veces, saboreándola, mientras en su mente se formaba una imagen de Sasha.

Las voces de los gemelos al otro lado de la puerta interrumpieron sus pensamientos.

–Pregúntaselo tú –oyó que decía Sam.

–No, tú –insistía Nico.

Una sonrisa afloró a sus labios al sospechar que el propósito de la discusión de los niños no era otro que ponerlo de su parte en el asunto de las deseadas bicicletas. Echó la silla hacia atrás, se puso de pie y se encaminó hacia la puerta. La abrió y los invitó a pasar.

Los gemelos intercambiaron una mirada cómplice y entraron en la habitación muy pegados el uno al otro, totalmente ajenos a lo graciosos que resultaban. Todavía eran lo suficientemente pequeños como para encontrar consuelo en la presencia física del otro, pensó Gabriel mientras cerraba la puerta y volvía a su silla. Tras su radical transformación, estaba descubriendo que no solo tenía corazón sino que este era vulnerable al más emotivo sentimentalismo.

–Bueno, ¿cuál de los dos me lo va a preguntar? –les invitó.

Otro elocuente intercambio de miradas, seguido de un codazo de Sam en las costillas de Nico pareció decidir la cuestión.

Nico se acercó a Gabriel.

–Sam y yo nos estábamos preguntando si no serás tú nuestro verdadero padre.

Esa sencilla pregunta lo dejó tan asombrado que se quedó sin palabras.

Nico continuó en un tono amable.

–Antes de morir, papá nos confesó a Sam y a mí que él no lo era.

–Sí, Nico, pero también dijo que siempre nos querría como si lo fuera –intervino Sam.

–Lo sé, pero no nos dijo quién era nuestro verdadero padre.

Sam, dispuesto ahora a hacerse con el control de la conversación, lo miró con desaprobación.

–Ya, pero eso fue porque quería que fuera mamá la que nos lo explicara cuando fuéramos lo suficientemente mayores. Nos dijo que no le dijéramos a mamá que lo habíamos hablado. Y también que estaba muy orgulloso de que fuéramos verdaderos Calbrini –informó Sam a Gabriel dándose importancia antes de propinarle a Nico otro codazo.

Obediente, Nico miró a Gabriel con seriedad.

–Bueno, Sam y yo hemos pensado que... nos preguntábamos si...

Gabriel vio cómo seguían lanzándose miradas el uno al otro.

–Nos encantaría que tú fueras nuestro padre –dijo Nico de carrerilla.

–Sí, nos molaría un montón –se mostró de acuerdo Sam.

Gabriel tardó apenas unos segundos en darse cuenta de que la escena que acababa de vivir iba a cambiar su vida para siempre. Como si hubiera descubierto de pronto la combinación secreta de una compleja cerradura, en su mente se abrieron una serie de puertas a la verdad.

Por supuesto que eran suyos. ¿Acaso podrían no serlo? Lo increíble no era que fueran sus hijos, sino que no se hubiera dado cuenta de ello hasta entonces.

Se acercó a sus hijos y se arrodilló a su lado. Sus rasgos familiares aparecieron ligeramente borrosos y tuvo que parpadear.

–¿De verdad queréis que yo sea vuestro padre? –les preguntó.

Por primera vez en su vida estaba considerando las necesidades ajenas como algo más importante que sus propios deseos.

Los niños se miraron el uno al otro y luego a él, asintiendo al unísono mientras sus caras se iluminaban con una amplia sonrisa.

–Sí.

–Sabíamos que eras tú, ¿verdad Nico? –dijo Sam con aire de suficiencia.

–Sí, lo sabíamos –afirmó Nico con gravedad, antes de colocar una mano sobre el brazo de Gabriel y apoyarse contra él.

Por eso Carlo lo había nombrado el tutor de los niños, se percató Gabriel de pronto, con la emoción atenazándole la garganta, mientras abrazaba con fuerza a cada uno de los niños, de sus hijos. No era de extrañar que se hubiera sentido tan cómodo con ellos desde el principio, tan decidido a protegerlos. Así que eso era lo que Carlo había intentado decirle; solo que al final había cambiado de parecer. ¿Sería porque temió que Gabriel se negara a reconocer la verdad?

–Creo que por el momento deberíamos mantener

esto en secreto. Por lo menos hasta que hable con vuestra madre –les dijo Gabriel a sus hijos.

–Pero no por mucho tiempo –replicó Sam–. Ahora que eres nuestro padre le podrías decir a mamá que nos regalara las bicis por nuestro cumpleaños.

Gabriel se maravilló de la astucia de los niños mientras estos le dedicaban unas sonrisas felices y seguras de sí. Según la lógica típicamente masculina se trataba de un trato razonable, pero Gabriel no tenía nada claro que Sasha se lo fuera a tomar así.

Después de prometer que guardarían el secreto y de asegurar a Gabriel que estaban encantados con que él fuera su padre, los niños se fueron a buscar al profesor.

Milagrosamente, esos niños contaban con una seguridad en sí mismos y un equilibrio emocional que él no podía sino envidiar. Pero no, no se trataba de un milagro: era más bien mérito de su madre. Porque era ella la que les había ofrecido algo más precioso y más valioso que ninguna posesión material. Les había dado un padre y una madre y la seguridad de que eran deseados y queridos, y les había enseñado con amor, pero con firmeza, los límites de lo que se podía y no se podía hacer, sin por ello coartar su libertad de ser ellos mismos. Sasha era el regalo más valioso que la vida les había dado. ¿Y no sería también el regalo más importante que la vida le había dado a él, a Gabriel?

Sasha. Tenía que hablar con ella.

La encontró en la cocina, vaciando el lavavajillas. Ella lo miró al entrar y apartó rápidamente la mirada. Se hubiera quedado allí toda la vida, observándola, y maravillándose de que ese cuerpo hubiera engendrado a sus hijos, de que ella fuera la responsable del milagro de su existencia. Por supuesto, no la única responsable.

–Los niños acaban de venir a verme.

–Esperan que me convenzas de regalarles unas bicis por su cumpleaños –dijo Sasha.

–Querían saber si yo soy su verdadero padre.

La jarra de agua que Sasha sostenía se le escapó de las manos y se estrelló contra las baldosas partiéndose en mil pedazos.

La expresión de su cara le dijo a Gabriel todo lo que necesitaba saber.

–Carlo era su padre –susurró mientras se agachaba a recoger los cristales.

–No, déjalo. Te vas a cortar –le advirtió Gabriel, pero ya era demasiado tarde. Un fragmento de cristal se le había incrustado en la temblorosa mano, haciéndola sangrar.

Sasha observó, aturdida, la sangre roja y brillante que manaba del pequeño corte. Se sintió ligeramente ajena a lo que estaba ocurriendo, como si una fuerza poderosa la hubiera transportado a un lugar desde el cual pudiera verse a sí misma en la distancia.

–Pero no el verdadero. Él mismo se lo dijo a los niños, Sasha, así que no tiene sentido que lo niegues.

Eso no podía estar pasando de verdad. Miró los cristales desparramados por el suelo.

–Tengo que recoger esto –le dijo–. Yo...

–Ya lo haré yo. Ven y siéntate.

¿Cómo había llegado hasta la silla de la cocina? Miró a Gabriel sin acabar de comprender, mientras este barría los fragmentos de cristal del suelo.

–Ahora déjame que le eche un vistazo a esa mano.

Dócilmente dejó que Gabriel la llevara hasta la pila y le lavara la herida con el agua fría del grifo, antes de sacar el botiquín del armario y ponerle una tirita sobre el corte.

La llevó de vuelta a la mesa y la sentó.

–Los gemelos son hijos míos; los dos lo sabemos.

Lo que no entiendo es por qué no me lo dijiste en su momento.

El estado de shock la estaba abandonando lentamente. Ya habría tiempo más tarde de preocuparse por el efecto que la confesión de Carlo había tenido en los gemelos y para preguntarse qué fue exactamente lo que les dijo y por qué. En ese momento lo que necesitaba era hacerle entender a Gabriel que los niños eran suyos, de Sasha, y que no tenían nada que ver con él.

Respiró hondo.

–¿De verdad necesitas hacer esa pregunta? Te supliqué que me amaras, Gabriel. Durante semanas tuve náuseas por las mañanas y yo me imaginaba a qué se debían, aunque te mentí y te dije que algo me había sentado mal. Incluso te di la oportunidad de decir que querías tener hijos. Hice todo lo que pude para darte a entender la verdad. Carlo lo adivinó, a pesar de que apenas me conocía. Entendió cómo me sentí, y el miedo que pasé. Tú ya me habías rechazado. ¿Qué pasaría si también rechazabas al hijo que llevaba dentro? O algo peor. Cuando me dijiste que no querías hijos tuve miedo. No por mí, sino por ellos. Pensé que a lo mejor intentabas convencerme de que interrumpiera el embarazo –Sasha cerró los ojos y tragó saliva–. Tuve miedo de que fueras capaz de convencerme, hubiera hecho lo que tú me dijeras. Carlo hizo que me resultara fácil tomar la decisión correcta. Si los niños están aquí hoy es gracias a él, y no gracias a ti o a mí. Fue Carlo el que se comportó como un padre, Gabriel. Porque fue él el que les dio el amor y la protección de un padre.

Gabriel sintió como por sus venas corrían arrepentimiento, vergüenza y sobre todo dolor...

–Deberías habérmelo dicho.

–Quizá tienes razón –replicó ella, ecuánime–. Nunca sabré lo que hice para merecer a Carlo. Nunca dejaré de estar agradecida por todo lo que me dio. A veces me pregunto si no lo enviaría el destino, no para mí, sino para los gemelos. Lo cierto es que no importa a quién estaba destinado a rescatar, ya que su generosidad y compasión nos salvaron a los tres. Sin él, yo me hubiera dejado convencer por ti de abortar o hubiera acabado en la calle, donde mis hijos se hubieran criado en peores circunstancias que las mías. Dicen que estas cosas se transmiten de generación en generación. Los niños que han sufrido se convierten en padres que hacen sufrir a sus hijos. Yo tuve la suerte de que me dieron la oportunidad de cambiar ese patrón.

–No seas melodramática –dijo Gabriel–. Tienes razón: dije que no quería tener hijos. Pero si hubiera sabido que ya estabas embarazada...

–Eso es lo que dices ahora, Gabriel, pero lo cierto es que ninguno de los dos estábamos preparados para ser padres. Yo no era más que una niña necesitada que mendigaba el amor de un hombre que no podía dárselo. Tener a los niños fue mi llamada a la madurez. Gracias a Carlo pude contar con la mejor de las ayudas. Yo quería a mis hijos, pero tenía que aprender a quererme a mí misma. Tenía que aprender a aceptar mi pasado y dejarlo donde estaba, en lugar de traerlo al presente. Carlo estaba orgullosísimo de los niños. Verdaderos Calbrini decía siempre.

La conversación no iba por los derroteros que Gabriel esperaba. Sasha parecía decidida a rechazar sus intentos por forjar una unión entre ellos a través de sus hijos. La revelación que tanto lo había impactado parecía no tener efecto alguno sobre ella.

¿Acaso no veía que era un hombre nuevo? ¿Que reconocía los errores que había cometido en el pasado y que estaba dispuesto a enmendarse?

–Son mis hijos –le dijo con firmeza.

Sasha negó con la cabeza.

–No, Gabriel. Tus hijos estarían tan lastimados por

tu infancia como lo estás tú. Un adulto no puede encontrar la salvación en un niño. Tienes que darles, y no recibir de ellos.

–Cometí muchos errores, lo reconozco. Pero no es demasiado tarde para...

–¿Para qué? –preguntó Sasha.

«No es demasiado tarde para nosotros», quería decir él, pero en su lugar dijo:

–Te conozco, Sasha.

Ella lo detuvo inmediatamente.

–No, no me conoces, Gabriel. Nunca lo hiciste. Según tú, soy una fulana barata a la que recogiste en la calle, un trozo de carne que te da placer. Creíste que te fui infiel con Carlo. Pensaste que...

Había cometido errores, Gabriel lo sabía, pero la culpa no era solo suya. Sus acusaciones le hicieron daño y lo hicieron reaccionar a la defensiva.

–¿De qué te extrañas? –preguntó–. La noche en que te conocí me dijiste que...

Sasha lo miró con cansancio. ¿Qué importaba si se lo decía a estas alturas?

–La noche en que me conociste, yo todavía era virgen. Eso demuestra lo poco que me conoces, Gabriel.

Apartó la silla y se puso en pie, vacilante.

–Eso no puede ser verdad –protestó Gabriel–. ¿Y qué hay de aquel director de cine? Me diste a entender que...

Sasha le sonrió amargamente.

–Sí, el director de cine existió. Le hizo una proposición a una de las chicas con las que estaba de vacaciones. Yo era muy joven y muy tonta. Quería que pensaras que yo era atractiva y deseable... Era demasiado ingenua como para darme cuenta de que tú pensarías que era una cualquiera.

–No entiendo nada. Dices que eras virgen pero entonces... ¿por qué demonios te acostaste conmigo? Deberías haber sabido que...

–¿Qué? ¿Que iba a ser cosa de una sola noche? –Sasha negó con la cabeza–. Gabriel, tenía diecisiete años. Llevaba toda la vida en casas de acogida. Estaba hambrienta de amor. Me imagino que para mí era la solución a todos mis problemas. Mi príncipe azul me rescataría y seríamos felices para siempre jamás. Eso es todo lo que yo ansiaba: ser amada. Enamorarme.

Él notó un deje de burla en su voz, como si le pareciera ridículo haber actuado así. Le dolió por ella.

–Las otras chicas eran mayores que yo. La única razón por la que me habían incluido en sus planes de las vacaciones era que trabajábamos juntas. Yo me interponía en sus planes y las ponía nerviosas, así que me pasaba la mayor parte del tiempo sola. El día que llegamos a St. Tropez te vi pasar cerca del bar donde estaba tomando un café. Te ajustabas perfectamente al prototipo de héroe que tenía en la cabeza. En cuestión de segundos me convencí de que se trataba de amor a primera vista y de que eras el único hombre al que podría amar.

Se encogió de hombros antes de proseguir.

–Así de necesitada estaba. Empecé a deambular por el puerto, esperando verte. Y te vi. Estabas saliendo del yate. Pensé que formabas parte de la tripulación. Nunca se me hubiera ocurrido pensar que eras el propietario. Nunca me importó tu dinero, Gabriel, aunque no lo creas. Me asusté cuando me di cuenta de lo rico que eras, pero para entonces ya era demasiado tarde. Estaba perdidamente enamorada. Tanto, que el placer que sentí aquella primera vez compensó el dolor.

Gabriel cerró los ojos. Recordó aquella primera vez y el placer que experimentó cuando, estando dentro de ella, sintió que sus músculos lo agarraban con fuerza. En aquel momento pensó que debía de tener mucha experiencia. Debería haberse imaginado que... Quizá lo había sabido en el fondo pero había preferido no prestar atención a su sospecha. Sintió que la vergüenza y una aguda sensación de pérdida le atenazaban la garganta.

–Por supuesto, me convencí de que el sentimiento era mutuo –prosiguió Sasha suavemente–. Aunque tú hiciste todo lo posible por demostrarme lo contrario. ¿Pero yo qué sabía? Nunca me había querido nadie; no sabía lo que era el amor verdadero. Qué típico, ¿no?, ir a buscar el amor donde no lo iba a encontrar nunca. Me propuse hacer todo lo posible por ser merecedora de tu amor. Es un patrón de conducta muy común. Cuanto más rechazo demuestra la otra persona, más deseas que te ame.

–Yo no sabía que...

–¿Cómo ibas a saberlo? Nunca hablábamos, nuestra relación era puramente sexual. Pero yo seguía haciéndome ilusiones. Cuando me hablaste de tu madre y de tu abuelo nunca se me ocurrió pensar que aquello tuviera que afectar de algún modo nuestra relación. Simplemente pensé que era maravilloso que los dos hubiéramos tenido una infancia desgraciada, porque eso nos uniría más. Pensé que tenía la oportunidad de darte el amor que no habías recibido nunca. Estuve de acuerdo contigo cuando dijiste que tu madre fue cruel y egoísta. En aquel momento no pensé que quizá se había sentido sola y asustada, que se había encontrado a sí misma en una relación que no funcionaba, y que a lo mejor se había dejado convencer por su padre para descubrir, cuando ya era demasiado tarde, que el precio que debía pagar por huir de un matrimonio no deseado era la pérdida de su propio hijo.

Sasha vio que Gabriel fruncía el ceño y que su mirada era sombría.

–No digo que eso fue lo que ocurrió, Gabriel. Estoy diciendo simplemente que quizá haya otra explicación aparte de la que te dieron a ti.

Gabriel no parecía muy convencido.

–Mira Gabriel, no estoy intentando reinventar la historia de tu familia, ni tampoco defender a tu madre. Pero cuando te abandonó tú eras demasiado pequeño para entender qué razones la llevaron a hacerlo. Solo sabes lo que te contaron los demás.

Sasha se encogió de hombros antes de proseguir.

–Podemos echarle la culpa a nuestros padres del dolor que sentimos cuando éramos niños, y también podemos analizar la infancia de nuestros padres y descubrir que ellos también sufrieron. ¿Pero dónde termina todo esto, Gabriel? ¿A cuántas generaciones tenemos que remontarnos para buscar al culpable? Yo tuve que olvidarme de mi pasado y reinventarme en la persona que los gemelos necesitaban como madre. Fue el momento más decisivo de mi vida.

Eso no era del todo cierto. Pero Sasha no quería confesarle que aun ahora sentía un dolor en el corazón que nadie había conseguido quitarle.

–Así que te reinventaste a ti misma y cambiaste tu vida por completo convenciéndote de que tu infancia no había sido tan mala como la recordabas... Desgraciadamente, yo no tengo tanta imaginación.

El amor por Gabriel, que tantas veces había negado sentir, llenó el corazón de Sasha. Estuvo tentada de acercarse a él y abrazarlo, de intentar sanar sus heridas. Lo imaginó de niño: solo, asustado y sin amor. Un niño que sufría. Las lágrimas asomaron a sus ojos. Le hubiera gustado ser capaz de volver al pasado de Gabriel para amarlo. Pero en el fondo sabía que por mucho amor que le ofreciera, su amargura seguiría allí. Y también sabía que no podía permitir que esa amargura afectara a la vida de sus hijos.

–¿No tienes más que decir? –dijo Gabriel en tono grave–. Todo lo que has dicho es muy bonito, Sasha, pero no puedes pretender que me crea que puede cambiar la situación. Olvidar el pasado. Lo que tenemos que hacer ahora es hablar del presente, y de nuestros hijos.

Sasha apartó su mirada de él.

–¿Qué te ocurre? –preguntó él–. Déjame que lo adivine. Hubieras preferido que yo no supiera nunca la verdad, que siguiera creyendo que Carlo era el padre de tus hijos, ¿verdad?

–Sí –admitió Sasha en voz baja.

–Gracias por demostrar tanta confianza en mí.

–Estoy pensando en los chicos.

–¿Y lo que piensas es que no soy lo suficientemente bueno para ser su padre? –preguntó Gabriel.

Sasha agachó la cabeza. Le estaba resultando muy difícil y doloroso. Recordó cómo se sintió cuando se enteró de que estaba embarazada. La alegría que la invadió al pensar que iba a tener un hijo de Gabriel. Se había sentido la mujer más afortunada del mundo. Había sido un accidente. Sasha era demasiado inocente entonces como para sabotear deliberadamente las precauciones de Gabriel. El hecho de quedarse embarazada a pesar del cuidado que él ponía le hacía sentir que era un embarazo especial, predestinado. Cada mañana, cuando sentía náuseas, esperaba que Gabriel le dijera que sabía qué le ocurría. Incluso se había imaginado la escena y las palabras de amor que pronunciaría él. Por supuesto, le pediría que se casara con él y vivirían juntos para siempre con su adorable hijo.

Pero las cosas no habían sucedido así. Ahora se daba cuenta de que un instinto interno le había advertido lo que iba a suceder. ¿Por qué si no hubiera mentido a Gabriel acerca de las náuseas matinales, diciéndole que algo le había sentado mal? Había intentado convencerse de que quería que Gabriel se diera cuenta, pero algo dentro de ella la obligaba a mantener el secreto.

En el segundo mes de embarazo empezó a impacientarse ante la falta de perspicacia de Gabriel, así que empezó a soltar indirectas. Fue entonces cuando Gabriel le dijo que había demasiadas parejas en el mundo concibiendo niños no deseados. Y apoyó su opinión con descripciones detalladas de su propia infancia.

Sasha emitió un profundo suspiro mientras recordaba el pasado.

–Creo que no estás lo suficientemente preparado para ser el padre que quiero para ellos. No quiero que sufran las consecuencias de tu niñez, Gabriel –le dijo en voz baja.

Le dolió físicamente ver el desconsuelo en su mirada y la manera en que intentaba ocultarlo por todos los medios.

–¿Crees que les haría daño... físico? –saltó él.

Sasha negó con la cabeza.

–No –le dijo con sinceridad–. Viví contigo el tiempo suficiente como para saber que no les harías ese tipo de daño. Pero hay otras maneras de hacer sufrir a las personas que queremos.

–¿Así que admites que los quiero?

Sasha sonrió, melancólica. Desde el momento en que se conocieron, entre Gabriel y los niños se había formado un vínculo masculino que había provocado en Sasha un sentimiento de culpabilidad. Gabriel se había portado como un verdadero padre durante esas primeras semanas que habían pasado juntos, y eso que no sabía que los gemelos eran suyos. Poseía un instinto especial para decidir lo que era bueno para ellos y lo que no, y los trataba como individuos en lugar de referirse a ellos bajo el nombre genérico de «los gemelos». Pero lo más significativo de todo era que desde un primer momento había sido capaz de distinguirlos, algo que hasta entonces era una habilidad exclusiva de Sasha.

Carlo ciertamente no llegó nunca a saber quién era quién.

–Sí, lo admito. Pero el amor puede hacer daño a veces, Gabriel. Para nosotros es natural querer darles a los niños lo mejor, tanto sentimental como materialmente. Pero eso no siempre es bueno.

–¿Quieres decir que crees que les daría demasiado amor y cosas materiales porque querría darles todo lo que yo nunca tuve?

–Dime sinceramente que no has elegido ya las mejores bicicletas para regalarles –lo desafió. La mirada esquiva de Gabriel le dio a entender que tenía razón.

–No es que no crea que no los quieres, Gabriel, o que dude por un momento de que deseas lo mejor para ellos. Es simplemente que he aprendido que a veces lo mejor que puedes hacer por ellos es decirles que no.

–Así que no quieres que forme parte de sus vidas porque crees que los voy a malcriar...

–Ya eres parte de sus vidas. Eres su padre y su tutor.

–Sasha –él le tomó la mano antes de que Sasha pudiera detenerlo–. Sé lo que quieres decir y, sí, reconozco que para ser un buen padre voy a tener que aprender muchas cosas. ¿Pero qué hay de lo otro?

–¿Qué es lo otro? –preguntó Sasha poniéndose rígida. Pero sabía de sobra a qué se refería. Había llegado el momento de vivir su peor pesadilla... y su sueño más deseado.

–Nuestra historia ha estado llena de dolor y amargura, lo sé. Pero tenemos a nuestros hijos. Ahora me doy cuenta de que dejé escapar lo mejor que me ha pasado en la vida porque no fui capaz de apreciarlo. Hemos demostrado que sexualmente no es que seamos compatibles, sino más bien explosivos.

Hizo una pausa, y la pasión que ardía en los ojos hizo que el corazón de Sasha latiera con fuerza.

–El mejor regalo que un padre le puede dar a un

hijo es la seguridad de un hogar estable. Y eso es lo que quiero darles a nuestros hijos.

Había tardado mucho tiempo en reconocer que amaba a Sasha, pero ahora que por fin lo había hecho no quería perder ni un minuto más. Quería hacer borrón y cuenta nueva. Deseaba demostrarles a Sasha y a los niños lo mucho que significaban para él.

–¿Estás diciendo que quieres que vivamos los cuatro juntos, como una familia? –preguntó ella con precaución.

–Sí, Sasha, quiero que vivamos juntos, como una familia. Y quiero que tú y yo vivamos como marido y mujer. Quiero casarme contigo, Sasha. Quiero que nuestros hijos crezcan teniéndonos como padres.

Durante unos preciosos segundos Sasha se permitió soñar con lo imposible. Pero solo durante unos breves segundos. Porque ya sabía cuál iba a ser su respuesta.

–No –le dijo a Gabriel con tristeza.

–¿No? ¿Por qué?

–No funcionaría, Gabriel. Tienes razón cuando dices que sexualmente funcionamos bien. Y está claro que los dos queremos a los niños, pero eso no quiere decir que nos amemos el uno al otro. Los dos sabemos que no es así.

Esas fueron las palabras que más le había costado pronunciar en toda su vida. Sobre todo porque eran mentira. Por más que había intentado convencerse de lo contrario durante todos aquellos años, sabía que lo que él la hacía sentir trascendía lo puramente sexual. Pero también era consciente de que por el bien de los niños no podía permitirse el lujo de amarlo.

En un mundo ideal, ese sería el momento en el que ella se arrojaría sobre su pecho lanzando gritos de alegría. Pero la realidad no era así. La realidad era dura y no perdonaba.

–No estoy de acuerdo –oyó que decía Gabriel con

suavidad. Puede que tú ya no me quieras, Sasha, pero yo a ti sí te amo.

Si eso fuera cierto... La emoción que Sasha sintió al oír esas palabras después de tanto tiempo estuvo a punto de despejarle todas las dudas. Pero no podía permitirlo.

–Eso lo dices ahora, Gabriel, pero ¿cómo quieres que me lo crea? Hace solo unos días creías que yo era una mala madre que iba de cama en cama buscando a un hombre que la mantuviera, ¿recuerdas?

Gabriel no podía negarlo.

–Sí, dije todas esas cosas. Y al principio estaba convencido de que eran verdad. Pero no tardé mucho en darme cuenta de que estaba equivocado, aunque tardé en reconocerlo. Tenía que creérmelas, Sasha, porque mi orgullo no me permitía admitir cómo me sentí el día que me abandonaste. Había jurado que nunca me enamoraría y no podía reconocer que lo había hecho. Además, si hubieras querido seducir a un hombre rico, podrías haberme seducido a mí.

Le sonrió para demostrarle que era capaz de reírse de sí mismo.

–Quizá una parte de mí deseaba que lo hicieras.

Sasha permaneció callada.

–¿Por qué no me contaste las razones que te llevaron a enviar a los niños internos?

A Sasha le pareció percibir un deje de dolor en su voz.

–Pensé que no merecería la pena, que no ibas a creerme. Tenía la sensación de que estabas decidido a pensar lo peor de mí.

–Y tienes razón: lo estaba. Oír que al profesor le había parecido una decisión acertada me sentó como una patada en el estómago. Pero ahora me doy cuenta de que en el fondo siempre te he querido.

–Es muy fácil decir eso ahora, Gabriel –lo detuvo

ella–. Pero me parece que te has dado cuenta de que me amabas solo después de descubrir que los niños eran tuyos.

Gabriel reconoció que Sasha tenía todo el derecho del mundo a pensar eso, aunque no era verdad. Era cierto que estaba encantado de saber que era el padre de los gemelos. Y no podía negar que, como hombre, se había sentido especial al saber que había sido su primer amante. Pero no por eso la amaba más. ¿Cómo podía explicarle el lento y penoso proceso que había vivido hasta darse cuenta de sus verdaderos sentimientos, cuando él seguía sin comprenderlos del todo? Se encontraba en territorio desconocido, y ningún capitán navega por un mar desconocido a menos que esté desesperado. Y así era exactamente cómo se sentía él.

–Yo te quería antes de... –comenzó.

–Me cuesta creerlo –le dijo Sasha, inexpresiva.

«Pero quisiera creerte», pensaba por dentro. «Más que nada en el mundo». ¿Más que la seguridad emocional de los gemelos? Si la respuesta era afirmativa, ¿qué clase de madre era? ¿Una madre como la de Gabriel? Si ella se rendía a Gabriel, y luego él cambiaba de opinión y descubría que al fin y al cabo no la amaba, ¿cuánto tiempo tardaría en acusarla de ser una mala madre?

–Estoy dispuesto a hacer cualquier cosa para demostrarlo –continuó Gabriel.

–No merece la pena.

–Para mí sí. Tú me amaste una vez, y creo que...

–Eso no era amor; era la fantasía de una adolescente –mintió Sasha.

–Así que ya no me amas. Y sin embargo, te acostaste conmigo.

–A veces pasan esas cosas –le dijo Sasha sin alterarse.

–¿A menudo?

Él seguía estrechando su mano entre las suyas, y Sasha se preguntó si no habría sentido el traicionero temblor que la había recorrido.

–¿Qué quieres decir? –preguntó ella.

–Quiero decir que cuántas veces te has acostado con hombres que no amabas desde que me dejaste.

–Mira, Gabriel, esto no nos va a llevar a ninguna parte. Reconozco que como padre de los gemelos, tienes una función que desempeñar, pero...

–No ha habido nadie más, ¿verdad? –dijo él con suavidad, resistiéndose a cambiar de tema. Tenía tantas ganas de estrecharla entre sus brazos y de besarla... Algo dentro de él le decía que no había habido otro hombre durante los años que habían estado separados.

–Estaba casada; tenía dos hijos pequeños y un marido enfermo. No disponía de mucho tiempo libre para tener un amante –señaló Sasha.

–O sea, que no ha habido nadie más...

No tenía por qué sonar tan satisfecho, pensó Sasha enfadada.

–¿Y qué? Eso no significa que me haya pasado diez años suspirando por ti.

–No he dicho eso, pero estarás de acuerdo conmigo en que eso demuestra que puede haber algo entre nosotros, ¿no?

La conversación se le estaba yendo de las manos. Unos minutos más, y se encontraría perdida en el mar de réplicas que él le estaba arrojando.

–Vale, me permití un pequeño lío, por los viejos tiempos. Eso no significa nada.

–Sé que estás mintiendo –rio Gabriel–. Y no fue un «pequeño lío». Sabes perfectamente que fue un acto de amor, íntimo y pasional.

Sasha había llegado al límite. Sus defensas estaban a punto de derrumbarse.

–No importa lo que digas o lo que sientas. ¿No lo entiendes? No se trata de nosotros, Gabriel, sino de los chicos. ¿Qué pasaría si digo que sí y luego, dentro de un mes, un año, diez años, te aburres de jugar a la familia feliz? ¿Entonces qué? No estoy oponiéndome a que formes parte de su vida: eres su padre y su tutor y tienes total libertad para tejer una relación con ellos. Pero no uses mi cama como atajo. No voy a hacer nada que pueda acabar convirtiéndolos en las víctimas de un hogar roto.

–Podría hacer que cambiaras de opinión –le advirtió Gabriel con suavidad–. Podría tomarte entre mis brazos aquí y ahora y hacerte...

–¿Hacerme qué? ¿Hacer que te quiera? Sí, podrías. Pero eso no me haría cambiar de parecer.

–Muy bien –dijo Gabriel soltándole las manos y poniéndose en pie–. Te comprendo.

Él había empezado a alejarse y Sasha tuvo que hacer acopio de toda su fuerza de voluntad para no llamarlo y confesarle cómo se sentía en realidad.

–Pero te advierto una cosa, Sasha. No tengo ninguna intención de rendirme. Pienso hacer todo lo que sea necesario para convencerte de que los niños, tú y yo tenemos futuro como familia, y de que tú y yo tenemos futuro como pareja.

–No puedo impedir que lo desees –dijo Sasha–. Pero lo que yo quiero es darle lo mejor a los niños. Me has dado a entender que querías sacarlos del colegio. Quiero que se queden. Son felices, y están aprendiendo mucho.

¿Lo estaba poniendo a prueba?, se preguntó Gabriel. En caso de que así fuera, Sasha iba a descubrir que iba muy en serio.

–Tú eres su madre –le dijo con firmeza–. Me fío de tu opinión en lo que respecta a lo que más les conviene. Lo que yo sugiero es que incorporen aspectos de su ascendencia italiana a sus vidas.

¿Gabriel había accedido a mantener a los niños en el colegio?

–Pero... ¿y qué hay del profesor? –le recordó–. Yo creía que...

–Su función consistió en un principio en evaluar las necesidades de los niños en cuanto a su educación. Estoy seguro de que cuando le digamos que los niños van a seguir en su colegio se mostrará de acuerdo. De hecho estoy convencido de que le va a parecer una muy buena idea.

–¿Y vas a dejar que se queden allí solo porque al profesor le parezca bien? –preguntó Sasha pensando que si Gabriel había cambiado de opinión no se debía a ella al fin y al cabo.

Gabriel negó con la cabeza inmediatamente.

–No necesito al profesor para darme cuenta de que son felices en su escuela y de que están aprendiendo mucho. Y, aunque no lo creas, no necesito a ningún intermediario que me confirme que están acomodados y bien cuidados.

–No quería decir eso. Te llevas muy bien con ellos, Gabriel y los entiendes mejor de lo que nunca lo hizo Carlo –y como para compensar ese momento de debilidad, añadió–: Pero cuando vuelvan al colegio yo me voy a ir con ellos. Voy a buscar trabajo y pienso encontrar una casa que esté cerca de la escuela y de mi trabajo. Por eso vendí las joyas.

–Me parece bien –dijo Gabriel cordialmente.

¿Por qué no se oponía, ni fruncía el ceño, ni le rogaba que se quedara con él? ¿Y por qué estaba ella tan desilusionada al ver que no hacía nada de lo anterior?

–¿Cuándo nos vamos?

«¿Nos?». Si lo que Sasha estaba sintiendo en aquellos momentos no era alivio, se le parecía mucho.

–Por supuesto. Lo que he dicho antes iba muy en serio, Sasha. De ahora en adelante, adonde vayáis los niños y tú, iré yo también. No me importa lo que tarde ni lo que tenga que hacer para ello. Voy a demostrarte que tenemos futuro juntos.

–Eso es imposible.

–Nada es imposible.

Capítulo 12

SASHA sonrió al mirar el bonito árbol de Navidad que decoraba el cuarto de estar de su pequeño apartamento de alquiler. Era Nochebuena, los niños ya se habían ido a la cama y ella tenía intención de hacer lo mismo en cuanto colocara los calcetines llenos de regalos a los pies de sus camas. Ya eran más de las diez, e iban a pasar el día de Navidad con Gabriel. Él había insistido, puesto que su casa era mucho más grande que el apartamento. Después de Navidad se iba a llevar a los niños a esquiar, como regalo de Navidad. Había intentado convencer a Sasha de que fuera con ellos, pero ella había rehusado.

Fiel a su palabra, desde que los chicos volvieron al colegio en septiembre, Gabriel había organizado un ataque decidido que tenía como fin hacerle ver que tenían futuro como familia.

Empezó con una actitud que resultaba en que cada vez que organizaban algo, los niños insistían en que Gabriel se uniera a ellos. Los trayectos a y desde el colegio no lo hacían en transporte público, como habría deseado Sasha, sino en el cómodo Bentley de Gabriel.

Cuando ella puso objeciones, él la miró con expresión inocente y le recordó que como había rehusado su oferta de comprarle un coche para poder llevarlos al colegio, y dado que él ahora vivía en Londres, y a solo unas manzanas de la escuela, lo lógico era que él llevara a los niños y luego la dejara a ella en el trabajo. Sasha no insistió.

El poder del dinero era algo que había que tener en cuenta: mientras que a ella le había costado Dios y ayuda encontrar un apartamento de alquiler, él no había tenido el más mínimo problema en comprar la elegante casa londinense de cuatro pisos en la que vivía. Cuando ella le sugirió que quizá era demasiado grande para él, Gabriel contestó: «Tonterías, tiene el tamaño ideal para nosotros».

Durante ese tiempo Gabriel la había cortejado y pretendido y se había convertido en el héroe de los niños. Y en ningún momento había traspasado los límites intentando llevársela a la cama...

¿Se sentía ella un poco decepcionada? La verdad era que algo frustrada sí que se sentía, tuvo que admitir. Su corazón y su cuerpo parecían suspirar constantemente por Gabriel. Pero ¿merecía la pena satisfacer su deseo y arriesgar así la felicidad de los niños?

Gabriel estaba decidido a derrumbar todos los argumentos que ella esgrimía en contra de la posibilidad de estar todos juntos. Cuando llegaron las vacaciones de verano él había querido llevarlos al Caribe, donde estaba atracado su yate, pero ella había rechazado su proposición. En lugar de discutir, Gabriel había sugerido de buenas maneras que pasaran las vacaciones en Londres haciendo actividades varias.

–Llévatelos tú solo –le había dicho ella cuando se enteró de que uno de los destinos elegidos por los niños era el museo de cera, Madame Tussauds.

–Mamá, es que sin ti no es lo mismo –se había quejado Nico.

–Es verdad, no lo es –había asentido Gabriel suavemente.

Y, por supuesto, había acabado yendo. Y, de alguna manera, Gabriel se las había arreglado para estar a su lado mientras iban de sala en sala, tentadoramente cerca pero fuera de su alcance.

Gabriel no protestó cuando ella rehusó recibir una asignación mensual. Ni tampoco intentó hacerlo cambiar de opinión. Sasha no ganaba mucho dinero, pero por lo menos tenía trabajo. Aunque lo cierto era que algunas noches terminaba tan exhausta que apenas se podía mover. Por suerte, vivían lo suficientemente cerca de Hyde Park como para que Gabriel se los llevara de paseo para darle un respiro durante el fin de semana.

Desde que habían dejado Cerdeña, Gabriel la había sorprendido agradablemente por el esfuerzo que estaba haciendo para demostrarle que por fin había aceptado y hecho las paces con su propio pasado. Ella lo amaba ahora más de lo que nunca había creído posible. Pero seguía sin poder aceptar su propuesta de matrimonio. Hubiera sido fácil sentir pena de ella misma y dejar su futuro en manos de Gabriel para el resto de sus días. Pero no podía hacerlo. No en ese momento.

Estaba a punto de llevar los calcetines a la pequeña habitación que compartían apretadamente, tan diferente de las enormes habitaciones comunicadas de las que disfrutaban en casa de Gabriel, cuando sonó su teléfono móvil.

–Soy yo –anunció Gabriel innecesariamente–. Estoy aquí fuera. Déjame entrar. No he querido llamar a la puerta para no despertar a los niños.

Vacilante, Sasha fue a abrir la puerta. Gabriel entró, invadiendo el pequeño recibidor del olor a calles mojadas y frías. Vio que sostenía entre sus manos una caja rectangular, delgada pero grande, envuelta en papel de regalo.

–Te he traído un regalo de Navidad –le dijo señalando la caja.

–Podías haber esperado hasta mañana.

Sasha le lanzó una mirada recelosa y se preguntó si la estaba provocando deliberadamente o si eran imaginaciones suyas. Decidió que era mejor no intentar averiguarlo.

–¿Quieres una bebida caliente? –le preguntó.

Gabriel negó con la cabeza mientras le daba el regalo.

–Gracias –comenzó a decir ella.

–¿Por qué no lo abres ahora?

Parecía un calendario, pensó, y le dio un vuelco al corazón.

–Creo que sí voy a aceptar esa bebida caliente –le dijo él–. Pero la preparo yo.

Hablaban en ese tono susurrante que conocen todos los padres.

–No tienes ni idea de las ganas que tengo de besarte ahora mismo y de llevarte a casa conmigo –le dijo él con voz grave–. A todos vosotros. Sasha, me gustaría tanto teneros conmigo y protegeros...

Sasha advirtió la emoción en su voz y en su mirada. Sintió que algo dentro de ella empezaba a desmoronarse. Se le llenaron los ojos de unas lágrimas que trató de ocultar. Ahora sería el momento de claudicar, pensó. Pero no podía. Gabriel se dirigió hacia la cocina.

–Gabriel.

Se detuvo y se volvió para mirarla. Esa no era la manera en que había planeado decírselo, pero tenía que hacerlo. Respiró hondo.

–Ya sé que no es lo que quieres oír, pero no puedo casarme contigo.

Gabriel negó con la cabeza.

–Abre el regalo. Ya lo hablaremos mañana.

Desapareció en el interior de la cocina mientras ella miraba el regalo con la mirada perdida. No tenía sentido. Debía decírselo.

Él volvió con dos tazas en la mano.

–Te he preparado una infusión en vez de café, ¿te parece bien?

–Sí, Gabriel. Pero hay algo que quiero decirte.

–No tienes que decirme nada. Ya lo sé.

–Gabriel...

–Estás embarazada. Concebiste el día que hicimos el amor en Cerdeña, y has estado muerta de preocupación desde que fuiste al médico.

Sasha se sentó.

–¿Lo sabías? ¿Pero cómo? Yo no he...

Se acercó a ella.

–Te quiero. Te conozco. Esta vez he reconocido las señales. Has estado tomando aguacates en todas las comidas. En el Caribe pensé que lo hacías porque te gustaban, pero esta vez me di cuenta de la verdadera razón. Estás palidísima por las mañanas; los niños han comentado que tienes náuseas, llevas ropa holgada, y además...

La miró y enseguida apartó la mirada.

–Además, ¿qué?

–Bueno, no es que planeara dejarte embarazada, pero tengo que confesar que pensé que si lo estuvieras sería más fácil que accedieras a casarte conmigo. Pero como no me decías nada...

Sasha respiró hondo.

–Pareces muy convencido de que es tuyo.

Gabriel la miró.

–Por supuesto que es mío –dijo en voz baja mientras la acercaba hacia sí antes de que ella pudiera resistirse. Con una mano detrás de su cabeza y la otra presionando levemente el bulto disimulado de su vientre, dijo con suavidad:

–¿Cómo podría no ser mío? Te quiero, y eres la persona más leal, fiel, honrada y digna de confianza que conozco. Si hubiera habido alguien más me lo hubieras dicho y, además, no te hubieras acostado conmigo. He tardado mucho tiempo en darme cuenta pero te aseguro que ahora lo sé. Te quiero –repitió–. Tenemos dos hijos maravillosos, y ahora, entre los dos hemos creado una nueva vida.

Sasha elevó la cabeza para mirarlo. Un error, ya que hizo que inmediatamente él inclinara la suya para besarla lenta e intensamente.

Fue imposible no devolverle el beso. Imposible ignorar la sacudida que sintió en el corazón y el ansia que le invadió el cuerpo.

–¿Por qué no querías decírmelo? –su pregunta la devolvió a la vida real.

–Tenía miedo –admitió–. Sabía que si te enterabas insistirías en que nos casáramos...

–¿Y no quieres que lo hagamos?

–Lo que no quiero es que algún día pienses que nos casamos obligados por las circunstancias –le respondió, vehemente–. No te puedes imaginar la de veces que he deseado no haberme contenido, haberte dicho que te amaba cuando me lo pediste en Cerdeña, haber aceptado tu proposición de matrimonio entonces, antes de averiguar que estaba embarazada. De esa manera nunca podrías echarme en cara que...

–Cállate ahora mismo. Nunca te echaré nada en cara, Sasha. He aprendido la lección. Y he hecho las paces con mi pasado. Ábrelo por favor.

Era tal el temblor que la invadía que tardó mucho tiempo en retirar la cinta y el papel. Cuando lo hizo, se encontró con...

Sasha se quedó mirando fijamente el regalo.

–¿Cómo...? –comenzó a decir, mientras las lágrimas resbalaban por su rostro.

Lo que tenía entre sus manos no era un simple cuadro; era su futuro, el de ellos, dibujado por la mano de un artista: dos niños, un hombre, una mujer y, en los brazos de esta, un bebé.

–Intenté imaginar cómo te sentías mientras esperaba a que me contaras lo de tu embarazo. Pensé que de esta manera podría decirte lo que siento por ti y por todos nosotros. Estuve a punto de decirle al pintor que pintara las ropas del bebé en color rosa, pero luego pensé que era tentar a la suerte –añadió en tono de disculpa.

–Oh, Gabriel.

Sin poder contenerse, se arrojó a sus brazos. Cuando la besó, Sasha sintió que el cuerpo de Gabriel temblaba ligeramente, como si no pudiera disimular la emoción que lo invadía. La besó apasionadamente, como si quisiera demostrarle al mundo que ella le pertenecía. Y luego, despacito y con ternura, ella lo besó a él. Cuando él la apartó, Sasha se puso tensa, para a continuación relajarse y sonreír al ver que era la última en darse cuenta de que los gemelos acababan de entrar en el cuarto de estar.

–Os estabais besando –los acusó Sam, muy serio.

–Sí –confirmó Nico.

Los gemelos se miraron el uno al otro.

–¿Quiere eso decir que os vais a casar y que nos vamos a ir a vivir a la casa de papá?

–No había necesidad de que vinieras a buscarnos. Solo vives a tres calles de aquí; podríamos haber ido andando –protestó Sasha mientras los niños se ponían las batas y le enseñaban a Gabriel los regalos que habían encontrado en sus calcetines.

–Si de verdad te hubiera preocupado sacarme de la cama tan temprano el día de Navidad, no me hubieras permitido pasar la noche contigo –le susurró Gabriel, burlón–. ¿Te das cuenta de que me despertaste a las cuatro de la mañana para mandarme a casa?

–¿Y tú, te das cuenta de que los niños se despertaron a las cinco? –rio ella mientras Gabriel los acompañaba hacia el coche.

–¿Has metido el pavo en el horno, tal y como te dije? –preguntó Sasha.

–Por supuesto. Y también lo he encendido –le aseguró Gabriel guiñándoles un ojo a los gemelos mientras arrancaba.

La casa que Gabriel había comprado era de las que cortaban la respiración a cualquiera, reconoció Sasha, de pie frente a la chimenea que dominaba el amplio salón. A instancias de Gabriel, los niños y ella habían adornado el árbol, y aunque los adornos hogareños parecían estar un poco fuera de lugar en aquella estancia tan elegante, hicieron que los ojos de Sasha se llenaran de lágrimas de emoción.

Habían acordado que los niños abrieran los regalos en casa de Gabriel. Mientras los gemelos gritaban de emoción al revelar el contenido de los regalos que tanto trabajo le había costado envolver, Sasha y Gabriel intercambiaron miradas.

–Con un poco de suerte, esta noche estarán tan cansados que querrán irse a la cama temprano.

Sasha se rio.

–No te hagas ilusiones. Si los chicos no te agotan en el parque estrenando sus nuevas bicis, nuestra hija ciertamente acabará conmigo.

–Creo que es hora de que le eches un vistazo al pavo –sugirió Gabriel con cara de querer decirle algo en privado.

Sasha se levantó, miró a los niños y se dirigió a la cocina, adonde la siguió Gabriel.

–Cuando me imaginaba a mí mismo pidiéndote en matrimonio, el escenario no era una cocina, desde luego –le dijo mientras cerraba la puerta tras él y se apoyaba contra ella estrechando a Sasha entre sus brazos.

–Te quiero tanto... Espero que lo sepas. Estos últimos meses han sido infernales. Cásate conmigo, Sasha, y haz de mí el hombre más feliz del mundo.

–Sí –dijo ella–. Sí, sí, sí...

Él inclinó la cabeza para besarla y se detuvo de pronto mirándola acusadoramente.

–¡Antes has dicho «nuestra hija»!

Sasha rio.

–Bueno, cuando me hice la ecografía me dijeron que creían que era niña –y añadió–: Y menos mal.

–¿Por qué?

Ella le sonrió.

–Veo que no te has fijado bien en el cuadro –al ver el ceño fruncido de Gabriel, sonrió aún más–. ¡Los patucos del bebé están atados con una cinta rosa!

Epílogo

Nueve meses después

Habían decidido celebrar el bautizo, no en la iglesia londinense en la que se casaron justo después de Navidad, sino en Cerdeña. Las palabras que pronunció el sacerdote en inglés y en italiano habían sido sencillas pero muy bien escogidas. Se hallaban de vuelta en la casa recién reconvertida, donde Celestine, de cinco meses, acaparaba la atención de los invitados, que se inclinaban sobre ella mientras los gemelos la vigilaban en actitud protectora.

–Está mordiéndose la manga otra vez –advirtió Nico–. Creo que tiene hambre.

–No, no tiene hambre, es que le están saliendo los dientes –lo corrigió Sam–. Quiere que la tomemos en brazos. No le gusta nada estar ahí tumbada sin hacer nada. Además, es mi turno.

–No, es el mío.

–No, me toca a mí –anunció Gabriel con firmeza, sacando a la niña de la cunita y sosteniéndola contra su pecho con un brazo mientras rodeaba a los niños con el que le quedaba libre.

Al verlos, Sasha no pudo resistir la tentación de sacar la cámara de fotos.

–Os va a tener completamente dominados a los tres –les advirtió mientras miraba amorosamente a su hija y deslizaba la mano bajo la manga de la camisa de Gabriel.

–Si eso es una insinuación para esta noche, la respuesta es «sí» –murmuró él suavemente–. Lástima que tengamos la casa llena...

–Siempre nos queda la playa –le recordó burlona acercándose a él para recibir su beso.

La vida no podía darle más de lo que ya tenía, pensó Gabriel: Sasha, los gemelos y, ahora, la niña.

–Creo que cuando Carlo me pidió que fuera el tutor de los chicos, lo que quería era que estuviéramos juntos –le dijo a Sasha en voz baja.

–Tienes razón –asintió ella–. Sabía lo mucho que yo te quería y quizá se dio cuenta de que tú también me amabas, aunque todavía no lo supieras.

–Ahora sí que lo sé –le dijo él mirando alternativamente a su hija, a los gemelos y a Sasha.

Se inclinó para besarla.

–Ahora y siempre, Sasha.